DIE
DIAGNOSEN
DES
DR. ZIMMERTÜR

WALDE+GRAF

FRANK
HELLER

Kriminalgeschichten

DIE
DIAGNOSEN
DES
DR. ZIMMERTÜR

INHALT

EIN

SCHWANKES

ROHR

England ist eine Insel, jeder Engländer ist auch eine Insel, sagt das Sprichwort, und wo immer ein Engländer sich in der Welt niederläßt, erhebt sich sofort eine Insel, eine britische Besitzung aus dem umgebenden Sprachenmeer. Als Mr. A. M. Trowbridge sich an der holländischen Nordseeküste ein Haus kaufte, schien die Erde, die er kaufte, sich mit einem Male über die umgebenden Dünen und die lauernde graue Nordsee zu erheben und zu sagen: Es bedarf keiner Erdwälle, um mich zu schützen, und keiner kleinen Jungen, um bei der Springflut die Löcher in den Wällen zu verschließen; hands off! Ich bin britisches Eigentum, ich bin England!

Aber wie paßt ein schwarzlockiger, krummnasiger, vollmondrunder Herr mit gelblichem Teint, gewölbten Augenlidern über funkelnden schwarzen Augen und pechschwarzem Schnurrbart in eine englische Burg? Wie paßt er in einen Archipel länglicher, salzwasseräugiger, klarblickender und hellwangiger Herren mit Plusfours und Golfschlägern? Das war die Frage, die an einem Samstagabend im August gleich einem Weberschiffchen zwischen drei solchen Herren hin und her wanderte.

Außer dem levantinischen Herrn waren noch fünf andere Weekendgäste in die Villa gekommen — drei Engländer und zwei anglisierte Holländer. Eigentlich waren nur vier eingeladen, aber Mr. Trowbridge war ob seiner Gastfreundschaft bekannt, und Mynheer Vermeeren erwartete keinen Protest, als er seinen ungebetenen Gast zum Hausherrn führte und sagte:

„Ein Bekannter von mir, Herr Baarsjes. Ich hoffe, es ist Ihnen nicht unangenehm, lieber Trowbridge!"

Und Mr. Trowbridge antwortete mit einem rosigen Lächeln und einem Handschlag:

„Die Freunde meiner Freunde sind meine Freunde. Seien Sie willkommen, Herr Baarsjes!"

„Übrigens," fügte Herr Vermeeren hinzu, „bringe ich Herrn Baarsjes nicht ausschließlich aus eigenem Antriebe mit; er hat mich darum gebeten. Aber wenn er nicht den triftigen Grund gehabt hätte, daß er die Villa von früher her kennt, hätte ich es nicht gewagt, ihn mitzunehmen."

„Ah?" sagte der Hausherr. „Sie kennen die Villa schon von früher her, Herr —"

„Ja," antwortete der ungebetene Gast lächelnd.

„Und ich wage zu behaupten, daß, wie weit ich auch seither herumgeirrt bin, die Villa nie aus meinen Gedanken gekommen ist."

„Das freut mich zu hören," rief der neue Besitzer der Villa jovial. „Die Villa hieß, als ich sie kaufte, *Solitudo,* und ich beließ ihr den Namen. Aber ich hoffe, Ihnen zeigen zu können, daß diese Einsamkeit keine Wüstenei ist — John, Cocktails für alle! Gentlemens!"

Mit einer Bewegung des Glases hieß er sie alle willkommen. Unter der Steinterrasse der Villa begann die seichte grüne Wasserfläche, die in langen Wellen wogte wie Wiesen, über die ein leiser Wind hinstreicht. Im fernen Westen, hinter dem schmalen, von Bojen abgesteckten Fahrwasser verblutete die Sonne wie eine abgeblühte Mohnblume. Fünf Wolken, die von den Abendwinden emporgewirbelt wurden, waren die losgerissenen Blumenblätter.

„Willkommen, Herr Baarsjes! Ich verstehe Sie. Wenn man einmal die Aussicht hier gesehen hat, vergißt man sie nicht!"

An der Balustrade stand, abseits von den anderen, der byzantinische Herr. Wer war er? Niemand wußte es, und es gehörte nicht zu den Gepflogenheiten des Hausherrn, die Gäste einander vorzustellen.

„Kurioser Typus," bemerkte Mr. Stonehenge. „Sieht aus wie ein Musikant. Vielleicht gedenkt uns Trowbridge nach dem Essen ein Konzert zu geben. Ich mache mir nichts aus Musik."

„Sieht mehr wie ein Zauberprofessor aus," bemerkte Mr. Crofton. „Das wäre wenigstens amüsanter."

„Ich will Ihnen sagen, wie er aussieht," entschied Mr. Crowell. „Ich bin in Konstantinopel gewesen. Er sieht aus wie ein Doktor in irgendeinem Harem!"

Der Mittagsgong schlug ein Loch in die Konversation. Man nahm Platz, wie man gerade zu Tisch kam, und der Mann mit dem orientalischen Aussehen kam ans Tischende zu sitzen, zwischen Mr. Stonehenge und Mr. Crowell. Das Gespräch war anfangs nicht besonders lebhaft, aber kam plötzlich in Schwung und irrte mit erstaunlicher Vielseitigkeit zwischen den verschiedensten Themen hin und her: von der Frage der Trockenlegung der Zuidersee zur Frage, ob Atlantis je existiert hatte, ferner über Benoits Roman zu einer Debatte über literarische Plagiate und ihre eventuelle Berechtigung; von dort zu den mystischen Figuren auf der Osterinsel und dem inneren Zusammenhang der Kulturen. Der levantinische Herr hatte in all diesen Fragen seine besonderen Ansichten. Er brachte seine Aussprüche mit einer Stimme vor, die recht angenehm war, solange er beherrscht sprach, aber die schrill und krächzend wurde, sowie er sich ereiferte. Seine Behauptungen, die immer wohl begründet und zuweilen originell waren, litten darunter, daß er sie mit unglaublicher Hartnäckigkeit verfocht. Daß er es war, der die Konversation bestritt, konnte schließlich der Aufmerksamkeit der übrigen Tischgäste nicht entgehen. Als er eine augenblickliche Pause machte, beugte sich Mr. Crowell zu Mr. Crofton vor und murmelte:

„Wer ist der Mensch? Jemand muß ihn doch kennen!"

„Sieht nicht so aus. Niemand außer Trowbridge, und der verschlingt jedes Wort, das er sagt. Auf jeden Fall ist er kein Christ."

„Das nächste Mal wirst du mir noch erzählen, daß er nicht bucklig ist."

Die Dämmerung fiel rasch ein, der Himmel wurde schwarz, und die Schiffslaternen auf der Nordsee glichen Tulpen in einem phantastischen Beet. Man war so allmählich zum Portwein gekommen, der zu den Traditionen des Hauses gehörte. Der Mann mit dem orientalischen Gesicht fuhr fort zu plaudern, ganz ahnungslos, daß er sein Konversationstalent übertrieb. Mr. Crofton beugte sich näher zu Mr. Crowell und sagte in bestimmtem Ton:

„Nicht nur, daß er kein Christ ist — er ist auch kein Gentleman!"

Der redselige Gast beendete eine Anekdote über Dumas den Älteren, nippte an seinem Portwein und beugte sich vertraulich zu Mr. Crofton vor. Sein Gesicht war so lächelnd wie der Mond am vierzehnten Tage.

„Verzeihen Sie mir," flüsterte er, „aber wie heißt der Herr, der in Gesellschaft von Herrn Vermeeren gekommen ist? Ich glaube, sein Gesicht schon gesehen zu haben, aber —"

Mr. Crofton starrte kalt zurück.

„Das weiß ich nicht," antwortete er endlich. „Ich bin ihm ebensowenig vorgestellt wie Ihnen!"

Der Hieb saß. Mr. Trowbridges eigentümlicher Gast nahm langsam die Farbe des Portweines auf dem Tische an. Er verstummte plötzlich, und das Gespräch stürzte nach verschiedenen Richtungen dahin, wie ein Gespann Pferde, das die Zügel nicht mehr spürt. Man hörte die Stimme des Hausherrn:

„Wie lange ist es her, seit Sie zuletzt hier waren, Herr Baarsjes?"

Der ungebetene Gast versuchte sich zu erinnern:

„Ach, drei, vier Jahre, glaube ich — nein, es müssen schon fünf sein!"

„Sie kannten den früheren Besitzer gut?"

„Gar nicht. Daß ich mich an die Villa erinnere, beruht nur auf der Lage und — und auf persönlichen Gründen."

„I see!"

Herr Vermeeren war sichtlich erstaunt:

„Sie kannten den früheren Besitzer nicht? Sagten Sie nicht im Klub, als Sie mich baten, Sie hierher mitzunehmen, daß Sie sein Gast gewesen waren?"

Herr Baarsjes, der ein dunkles, schönes Gesicht mit ungewöhnlich weißen Zähnen hatte, lächelte und schüttelte energisch den Kopf.

„Sie müssen mich mißverstanden haben, lieber Freund!"

Der rosige Hausherr gab das Signal zum Aufbruch, und man ging in das Rauchzimmer, um den schwarzen Kaffee zu trinken.

War der Kaffee zu stark gewesen? Oder war es das melancholische Heulen eines Herbststurmes, der sich über der Nordsee erhoben hatte? Als die Bridgepartie gegen elf Uhr zu Ende war, glitt das Gespräch, wie auf Verabredung, zu übernatürlichen Dingen. Es zeigte sich, daß sowohl Mr. Crofton als auch Mr. Crowell überzeugte Spiritisten waren und fest an alle möglichen Phänomene glaubten. Mr. Stonehenge war gläubig, aber kein Zelot, Herr Vermeeren ein krasser Materialist. Sein Freund Baarsjes überraschte alle dadurch, daß er die Partei der Herren Crofton und Crowell ergriff.

„Was, Sie, ein solider Holländer!" rief Mr. Trowbridge. „Ich glaubte, Sie wären alle Materialisten wie Vermeeren oder Skeptiker wie Doktor Z.!"

„Wer?" fragte der Mann mit den weißen Zähnen.

Mr. Trowbridge wies mit einer Geste auf den Gast mit dem orientalischen Aussehen.

„Doktor Z.," sagte er. „Ich nenne ihn so, weil sein Name unmöglich auszusprechen ist. Habe ich vergessen, ihn vorzustellen? I'm sorry. Doktor — Doktor —"

„Zimmertür," half der Vorgestellte lächelnd nach, während Mr. Crofton sich zu Mr. Crowell vorbeugte und flüsterte:

„Was habe ich gesagt? Er ist kein Christ!"

„Und Sie sind also Skeptiker, Herr Doktor?" fragte Herr Baarsjes.

„Mein Beruf hat mich dazu gemacht," erwiderte der Doktor. „Ich bin Psychoanalytiker. Allerdings habe ich viele seltsame Phänomene gesehen und viele eigentümliche Erfahrungen gemacht. Aber bisher bin ich noch nie auf etwas gestoßen, das auf übernatürliche Weise erklärt werden müßte."

„Was verstehen Sie unter übernatürlich?" fragte Herr Baarsjes mit einem beinahe herablassenden Blick auf den kleinen, rundlichen Gelehrten.

Dr. Zimmertür zuckte die Achseln und breitete die Arme in jener Weise aus, die seinem Stamme eigen ist.

„Mein bester Herr!" rief er, und seine Stimme bekam unwillkürlich wieder den krächzenden Nebenton. „Mein bester Herr! Ich weiß, was Sie sagen wollen! Wir sind Wunder in einer Welt der Wunder, wir sind Menschen — eine vernunftwidrige Vereinigung aus Geist und Materie, in einem Raum schwebend, der unendlich sein muß —, denn was sollte es außerhalb desselben geben? — der uns aber in diesem Falle unfaßbar ist — uns durch eine Zeit bewegend, die ewig sein muß —, denn was sollte es vorher gegeben haben? — aber deren Erscheinungen alle von Vergänglichkeit sprechen. Wir wissen nicht, von wannen wir kommen, wir wissen nicht, wohin wir gehen. Wie könnten wir, von all diesen Mysterien umgeben, sagen: dies ist übernatürlich, oder: dies ist natürlich? Und doch: der Mensch hat die unfaßbaren Entfernungen im Weltenraum gemessen, der Mensch hat nicht wenige der Gesetze erforscht, nach denen die Veränderungen sich vollziehen. Und gleich wie der Mensch die Gesetze des äußeren Universums erforschte, hat er auch begonnen, die Gesetze des inneren zu erforschen — das ist es, was ich nach Maßgabe meiner Kräfte zu tun versuche, und bis setzt, lieber Herr Baarsjes, bis jetzt bin ich dem Phänomen noch nicht begegnet, das sich nicht mit Nachdenken und Geduld erklären ließe!"

Er spreizte alle zehn Finger aus und schloß in einer Tonlage, wie ein verkühlter Rabe. Mr. Crowell beugte sich näher zu Mr. Crofton und flüsterte:

„Was habe ich gesagt? Er ist kein Gentleman."

„Aber," begann Herr Baarsjes, „wie wollen Sie nun einen Fall wie diesen erklären —"

Das Gespräch glitt seinen natürlichen Weg weiter über Gespenstererscheinung zur Telepathie, bis die Uhr eins schlug und der rosige Hausherr die Gäste mit einem Nachtgrog ins Bett trieb.

2

Der Sonntagvormittag wurde dem Golfspiel auf Mr. Trowbridges Privatplatz gewidmet. Der byzantinische Psychoanalytiker beteiligte sich daran, mit einem prachtvollen rot- und gelbgestreiften Pullover angetan, und entwickelte eine Energie, die mehr als bewunderungswürdig war. Seine kurzen Arme bewegten sich wie die Flügel einer der berühmten holländischen Windmühlen, und er ergoß einen reichlichen Niederschlag auf Mr. Trowbridges Rasenflächen. Die Herren Stonehenge, Crowell und Crofton beobachteten ihn, mit einer Heiterkeit, die sie sich gar nicht zu verbergen bemühten. Er verwendete die falschen Schläger, er stolperte über seine eigenen Füße, und er beförderte mit unverdrossener Energie den Ball in alle Windrichtungen mit Ausnahme der richtigen. Aber er nahm die Heiterkeit seiner Mitspieler mit dem strahlendsten Vollmondlächeln auf.

„I'll tell you what!" flüsterte Mr. Stonehenge. „Er ist kein Gentleman, denn sonst könnte er Golf spielen, aber er spielt Golf wie ein Gentleman."

Bei der Rückkehr in die Villa bereitete Herr Baarsjes der Gesellschaft eine Überraschung.

Der Golfplatz war eine natürliche Fortsetzung des Gartens der Villa. Wo dieser in die Sanddünen überging, lag der Startpunkt mit seiner weißen Flagge. Einige wenige Bäume und Sträucher wuchsen zwischen dem ersten und zweiten Loch des Golfplatzes.

Herr Baarsjes wendete sich an den Doktor, der in seinem rotgoldnen Pullover einem prächtigen exotischen Käfer glich, und sagte ganz unvermittelt:

„Herr Doktor, glauben Sie an die Wünschelrute?"

Dr. Zimmertür wischte sich die Stirne mit einem buntglänzenden Seidentaschentuch und erwiderte:

„Nach diesem herrlichen Sport bin ich ganz anglo-sächsisch geworden. Ich glaube an alles, was es auch sein mag."

Herr Baarsjes lächelte rätselhaft.

„Gestern abend, als wir von — wie man so sagt — übernatürlichen Dingen sprachen, vergaß ich Ihnen eine Sache zu erzählen. Ich habe selbst ein wenig Begabung zum Medium, und ich bin auch in anderer Weise übersensitiv. Eine spiritistische Séance mit einem so ausgesprochenen Skeptiker wie Doktor Zimmertür zu arrangieren, hätte gar keinen Sinn. Aber wenn ich dem Doktor einen Beweis geben könnte, was die Wünschelrute vermag, wäre das doch immerhin etwas ... also Herr Doktor, Sie glauben nicht an die Wünschelrute?"

„Ich habe bisher nie etwas gesehen, was mich veranlaßt hätte, daran zu glauben," räumte der Doktor freundlich ein. „Aber nichts könnte mir größeres Vergnügen bereiten, als meinen Unglauben widerlegt zu sehen. Gedenken Sie hier Wasser zu finden? Im Hinblick darauf, wie sumpfig die holländische Küste ist, möchte ich sogar unternehmen, es ohne Wünschelrute zu finden."

Ein ersticktes Kichern von Mr. Trowbridge war aus dem Hintergründe zu vernehmen. Aber Herr Baarsjes schien nichts zu hören.

„Meine Sensibilität bezieht sich nicht auf Wasser," antwortete er kalt, „sondern auf Metalle."

„Nicht sehr große Aussichten, hier Gruben zu finden, fürchte ich," murmelte Mr. Stonehenge und sah über die Ebene hin.

„Es könnten ja vergrabene Metalle sein," mischte sich der Hausherr ein, dessen Augen vor Interesse ganz groß geworden waren.

Herr Baarsjes nickte.

„Nun eben, wer weiß, was hier im Laufe der Zeiten geschehen ist? Die Erde hier kann einen römischen Bronzeschild bergen oder einen spanischen Küraß aus der Zeit des Herzogs von Alba. Sie kann Musketen aus der Zeit Napoleons enthalten — was wissen wir? Unser Land hat so viele Eindringlinge gesehen!"

„Sie kann auch ein paar rostige Nägel und ein Wagenrad aus unserer eigenen Zeit bergen," ergänzte der Doktor. „Ich nehme es nicht so genau. Schießen Sie nur los, wie man in Amerika sagt!"

Herr Baarsjes schloß die Augen, wie um eine unangenehme Empfindung auszuschließen. Dann wählte er von dem nächsten Gebüsch einen Zweig, brach ihn ab und schälte die Blätter und Ästchen ab, bis er einen nackten Zweig in der Form eines Y hatte. Keine kleinen Jungen hätten sein Vorhaben mit atemloserem Interesse verfolgen können als diese schon ziemlich bejahrten englischen Herren. Nun faßte er mit jeder Hand eines der Enden der

Gabel, drückte die Arme an den Körper und begann sich, halb vorgeneigt, über den Rasen zu bewegen. Sein Gesicht hatte einen abwesenden Ausdruck. Die Engländer folgten ihm auf respektvolle Entfernung im Trupp, und ein wenig hinter ihnen, wie Mephisto in den Spuren der gläubigen Engel, kam Dr. Zimmertür. Der Boden der Villa „Solitudo" schien nicht viele Metallreliquien zu enthalten, denn Herr Baarsjes irrte auf und ab, ohne daß die Wünschelrute zuckte. Er richtete sich auf, strich sich über die Stirne und wandte sich mit einem entschuldigenden Lächeln an seine Zuschauer.

„Natürlich ist es ja auch denkbar, daß gar nichts da ist! — Ich wußte ja von vornherein, daß die Aufgabe schwer war, aber ein desto größerer Triumph wäre es, wenn —"

Er ergriff die Rute abermals, schloß die Augen und nahm die Suche wieder auf. Sein schönes Gesicht hatte einen so intensiven Ausdruck, daß der Doktor in sich hinein murmelte:

„Viel Lärm um nichts — aber jedenfalls scheint er selbst an seine übernatürlichen Kräfte zu glauben."

Diesmal sollte sich die Suche nicht so langwierig gestalten. Herrn Baarsjes Wanderung führte ihn an einer Tränenweide vorbei, deren Zweige im Winde wie die Rythmen eines Klagegesanges stiegen und sanken. Plötzlich senkte sich die Gabel in seiner Hand scharf zur Erde. Er schien wie von einer magnetischen Kraft zu der Wurzel des Baumes gezogen zu werden. Er blieb stehen, fuhr sich über die Stirne und wandte sich mit einem traumverlorenen Blick der Gesellschaft zu.

„Hier!" sagte er schlicht.

So groß war die Spannung seiner britischen Begleiter, daß es keine Sekunde dauerte, bis die Golfschläger in den feuchten Boden stießen. Sollte der Eifer belohnt werden? Sollten die Metallköpfe der Schläger einem anderen Metall begegnen? Es hatte nicht den Anschein; einige Minuten hindurch hörte man nur dumpfes Plupp-Plupp. Aber plötzlich stieß Mr. Crowell einen Ausruf aus; sein Schläger war gegen etwas Hartes gescharrt, das mit einem knirschenden Laut antwortete. Eine halbe Minute später hielt er einen Gegenstand in der Hand: eine große Tabaksdose. Der Doktor verzog den Mund zu einem Lächeln, aber dieses Lächeln starb bei der Geburt. Mr. Crowell öffnete die Dose mit einem Schlag seines Schlägers, und über das grüne, holländische Gras strömte ein wahrer Katarakt — Goldmünzen, Goldmünzen und abermals Goldmünzen ... gute holländische Zehnguldenstücke, blank, gelb und rund wie die Sonne ... wie viele konnten es sein? Niedrig gerechnet dreihundert bis vierhundert — dreitausend bis viertausend Gulden.

Einen Augenblick war alles ganz still, dann schmolz das britische Phlegma in dem goldenen Sonnenschein. Mr. Crowell stimmte ein Hurra an, Mr. Crofton, Mr. Stonehenge, Mr. Trowbridge, ja sogar der mehr als phlegmatische Herr Vermeeren stimmten ein.

„Bravo, Herr Baarsjes, bravo! Was sagen Sie jetzt, Doktor?"

Dr. Zimmertür breitete die Arme aus, wie ein bunter Käfer seine Flügel.

„Ich sage," sagte er über das ganze Gesicht lächelnd, „Herr Baarsjes sollte nach Klondyke fahren! Wenn er dies mit einem Weidenzweig in Holland machen kann — was könnte er nicht dort vollbringen!"

Herr Baarsjes schien nach dem Experiment überaus müde zu sein. Er lächelte zerstreut.

„Ich bin zufrieden, wenn ich eine kleine Bresche in den Skeptizismus unseres lieben Freundes, des Doktors, schlagen konnte. Es gibt mehr Dinge zwischen Himmel und Erde —"

Er unterbrach sich, fegte die Goldmünzen in die Blechdose und überreichte sie chevaleresk dem Hausherrn.

„Es ist nicht viel," sagte er, „aber es freut mich, Ihnen —"

Mr. Trowbridge starrte.

„Was meinen Sie?"

„Das ist doch Ihr Grund und Boden, lieber Freund. Und alles, was sich auf und unter dem Boden eines Engländers befindet —"

Mr. Trowbridge machte mit beiden Händen eine abwehrende Bewegung.

„Ohne Sie wäre das Gold bis zum Jüngsten Tage da liegen geblieben. Wem es auch gehören mag, mir nicht! Meine Herren, das Lunch wartet."

3

Die Aktien des Skeptizismus standen bei diesem Lunch sehr tief. Der Doktor suchte seine Niederlage nicht zu bemänteln, aber die Zugeständnisse, die er machte, waren für die Gläubigen nicht genug.

„Ich gebe zu," sagte er, die Augen auf seinen Teller geheftet, „daß ich mißtrauisch bin. Aber was ich heute vormittag sah, ist ja nicht mißzuverstehen!"

Er erhob sein Glas gegen Herrn Baarsjes, der das seine ebenfalls hob, aber zu trinken vergaß. Das vormittägige

Experiment schien ihn ganz erschöpft zu haben. Er sprach kaum ein Wort. Aber das war auch nicht nötig. Mr. Crofton und Mr. Crowell führten seine Sache eifriger, als er es selbst vermocht hätte. Es war das alte Lied: die Jünger, die das Wunder gesehen haben, werden zu größeren Eiferern als der Wundertäter. Bevor das Lunch zu Ende war, hatten Mr. Crowell und Mr. Crofton ein ganzes neues Lehrgebäude errichtet. Und ihre erste Sorge war, im Guten oder Bösen alle Zweifler zu bekehren.

„Hätten Sie das nicht selbst gesehen," rief Mr. Crofton, „so würden Sie natürlich in Abrede gestellt haben, daß es überhaupt möglich ist!"

„Nein, das glaube ich nicht," sagte der Doktor. „Es gibt sehr wenige Dinge, die ich von vornherein für unmöglich erklären würde."

„Aber wenn Sie die Sache auch nicht direkt geleugnet hätten," sagte Mr. Crowell, „so hätten Sie versucht, sie fortzuargumentieren!"

„Ich würde selbstverständlich versuchen, eine natürliche Erklärung dafür zu finden," gab der Doktor mit niedergeschlagenen Augen zu.

Mr. Crofton sah seine Chance.

„Warum tun Sie das nicht jetzt?"

Der Doktor schien überrumpelt. Er schlug seine Augen zum Plafond auf, blinzelte ein paarmal und sah dann Mr. Crofton an. „Jetzt?" wiederholte er.

„Ja, gerade jetzt!" stellte Mr. Crofton unerbittlich fest. „Warum finden Sie nicht eine natürliche Erklärung für eine Sache, deren Zeuge Sie selbst waren? Das ist besser als alle Raisonnements! Finden Sie eine wissenschaftliche Erklärung für das, was wir heute vormittag gesehen haben, dann werde ich an Sie glauben! Im anderen Fall müssen Sie schon entschuldigen, daß ich mich an Herrn Baarsjes halte."

Der Doktor hatte begonnen, Figuren auf das Menü zu zeichnen, das neben seinem Kuvert lag.

„Und wie lautet Herrn Baarsjes' Erklärung?" fragte er.

Der Genannte zuckte zusammen, wie aus einem ganz anderen Gedankengang gerissen.

„Meine Erklärung?" sagte er und schloß die Augen. „Ich habe Ihnen keine Erklärung zu geben. Wie wollen Sie selbst erklären, daß Sie träumen — doch, ja richtig, Sie behaupten ja, daß Sie das erklären können — aber daß Sie wahrträumen? Ich fühlte, wie ein magnetischer Strom durch mich hindurchging, der zog mich zu der Weide hin, der Zweig wurde zu Boden gezogen — das übrige wissen Sie."

Der Doktor zeichnete noch immer auf seinem Menü. Einen Wiesengrund mit Bäumen, einen nach dem anderen, alle gut charakterisiert.

„Es war ein Buchsbaumzweig, den Sie verwendeten," sagte er. „Kann das nicht irgendeinen Einfluß gehabt haben?"

Die Heiterkeit der anderen wurde geräuschvoll.

„Eine echt wissenschaftliche Erklärung!" riefen sie. „Die Art des Baumes sollte der Schlüssel des Rätsels sein! Bravo! Bravo! Hahaha!"

Mr. Crofton, Mr. Crowell, alle an dem Tisch stimmten in das Gelächter ein. Der Doktor versuchte zu sprechen, wurde aber immer wieder von den Lachsalven der anderen übertönt.

„Sehen Sie ihn an! Sieht er nicht aus wie ein Hanswurst?" flüsterte Mr. Crofton beinahe hörbar.

Endlich konnte er das Wort erlangen.

„Sehen Sie, da muß ich mich als Mann der Wissenschaft in Opposition zu Herrn Baarsjes stellen," sagte er, während das Gelächter von neuem einsetzte. „Meiner Ansicht nach, meiner streng wissenschaftlichen Ansicht nach, ist die Art des Holzes das Entscheidende. Mit einem Zweig von anderer Art hätte Herr Baarsjes nie das gefunden, was er fand. Oder wollen Sie behaupten, Herr Baarsjes, daß ein Zweig von einem Apfelbaum ebenso gut gewesen wäre?"

„Ja," seufzte der glückliche Experimentator zwischen zwei Lachsalven.

„Oder ein Zweig von einem Birnbaum?"

„Mensch, hören Sie auf! Ja!"

„Oder ein Zweig von — von einer Silberbirke?"

„Ja — a — a —"

Herrn Baarsjes' Lächeln verebbte langsam. Er sah den Doktor heftig blinzelnd an, aber dieser sah auf seine Zeichnung herab, auf der sich jetzt ein paar Birken zu den anderen Bäumen fügten. Herrn Baarsjes' Blick folgte dem des Doktors, und so allmählich hörte sein Lachen auf.

„Einer Birke?" wiederholte er und sah die Zeichnung an. „Warum nicht?"

„Das ist eben die Frage. Sie sagen ja, ich sage nein. Lassen Sie uns die Sache auf die einfachste Weise entscheiden, lassen Sie sie uns durch eine Wette austragen!"

Er placierte wie in Gedanken ein Pferd zwischen die Bäume der Zeichnung — ein Rennpferd. Herr Baarsjes starrte von seiner Zeichnung auf sein Gesicht, das rund und milde war, wie der Mond des Orients.

„Eine Wette?"

„Ja. Ich nehme den Buchsbaumzweig, Sie nehmen welchen Zweig Sie wollen; ich will wetten, daß ich mehr finde als Sie. Nein — lassen Sie uns sagen, jeder behält das, was er findet!"

Herr Baarsjes schien nicht recht zu wissen, ob man seinen Scherz mit ihm trieb oder nicht, aber von den Engländern rings am Tisch stieg ein Gemurmel auf:

„Eine Wette, that's right. Geben Sie ihm seine Chance! Lassen Sie uns sehen, was der kleine Ju..."

Herr Baarsjes suchte zu protestieren, aber keine Proteste verfingen.

„Eine Wette ist all right. Sie glauben doch nicht an seinen Nonsens, Baarsjes? Gut, so halten Sie die Wette!"

Binnen fünf Minuten war die Tafel aufgehoben und die ganze Gesellschaft auf dem Wege ins Freie.

Im Vorzimmer hielt der kleine Doktor seinen Gastgeber zurück.

„Mr. Trowbridge, if you please! Können Sie mir eine Hacke leihen?"

„Eine Hacke?"

„Ja. Vielleicht findet Herr Baarsjes noch Gold, vielleicht finde ich nur eine Anchovisbüchse, aber ich möchte sie doch nicht mit den Fingern ausgraben!"

Neue Lachsalven waren die Antwort. Mit der Hacke unter dem Arm ging er zu dem Golfplatz voran, wo er mit tiefstem Ernst zwei Zweige abschnitt. Den einen, der ein Tannenzweig war, reichte er seinem Rivalen, den anderen, den Buchsbaumzweig, behielt er selbst.

„Wer beginnt?"

Herr Baarsjes, der über den ganzen Vorgang wütend zu sein schien, deutete mit einer Grimasse an, daß er anfangen könne. Der Doktor schloß die Augen, bis die langen Wimpern einen weichen Samtschatten auf seine vollen Wangen warfen; er preßte die Arme in derselben Weise an den Körper, wie Herr Baarsjes es gemacht hatte und begann sich ruckweise über den Rasen zu bewegen. Die Engländer folgten ihm unbeschreiblich amüsiert; in dem grünen Sportanzug mit den Kniehosen, den er zum Lunch angezogen hatte, glich er am ehesten einem galvanisierten Laubfrosch. Jetzt näherte er sich einer Gruppe von drei silberschimmernden Birken. Vor der mittleren schien er einen Krampfanfall zu bekommen; der Buchsbaumzweig in seiner Hand wies gerade zur Erde. Er richtete sich auf und fuhr sich über die Stirne.

„Hier!" sagte er nur und deutete auf die Stelle vor der Birke.

Die Engländer klatschten lachend in die Hände.

„Was glauben Sie, was es sein wird, Doktor? Ein Wasserleitungsrohr? Eine Sardinenbüchse?"

Der Doktor griff, ohne zu antworten, nach der Hacke, aber Herr Baarsjes kam ihm zuvor.

„Gestatten Sie mir als Interessenten an der Wette," murmelte er mit einer Grimasse, die ein Lächeln vorstellen sollte. Er hob die Hacke — überflüssig hoch, dachten die anderen — und ließ sie fallen. Ein Ruf stieg gleichzeitig aus vielen Kehlen auf:

„Aufpassen! Aufpassen!"

Die Hacke sauste gegen den Kopf des Doktors. Aber ehe sie ihn noch erreichte, hatte der kleine, korpulente Gelehrte einen Sprung auf Baarsjes zu gemacht, der sie geschwungen. Mit seinen kurzen Armen umspannte er den Leib des anderen und drückte wie ein Rasender zu, bis jener, der seine ganze Kraft in den Schlag gelegt hatte, auf der Erde lag.

„Mr. Trowbridge!" keuchte er. „Wollen Sie mir helfen? Es ist ihm nicht gelungen, mich mit der Hacke zu ermorden, aber er ist stark — er ist —"

Die anderen standen wie gelähmt da. Was sollte das bedeuten? Aber als der Gegner des Doktors mit einer Schlängelung seines Körpers seine langen Arme befreite und nach dem vollen Hals des Doktors griff, kam Leben in die Engländer. Selten hatten sie ein Gesicht gesehen, das derart von Mordgier leuchtete wie das des Herrn Baarsjes. Drei Minuten später war er in sicherem Gewahrsam zwischen sechs guten britischen Fäusten, und der Doktor erhob sich schnaufend und beschmutzt.

„Was um Himmelswillen ..." begann Mr. Trowbridge, aber er erhielt keine Antwort und vergaß selbst seine Frage zu wiederholen. Denn anstatt irgendwelche Erklärungen abzugeben, nahm der Doktor die Hacke und ging auf die Grasmatte los. Er hackte und hackte, bis der Schweiß von seinem Gesicht troff, aber endlich wurde seine Arbeit belohnt. Eine große Blechdose kam zwischen den Birkenwurzeln zum Vorschein, und als er sie mit einem Schlag der Hacke öffnete, zeigte sich vor ihren Augen nicht Gold, wohl aber der größte Banknotenstoß, den sie in ihrem Leben gesehen hatten.

„Was in aller Welt?" konnte Mr. Trowbridge endlich Hervorbringen. „Sind Sie auch ein Zauberer? Ist mein ganzer Golfplatz voll Geld?"

Aber mit einer Geste auf seinen Hals deutend, verschob der Doktor alle Erklärungen, nahm die Blechdose und eilte zu der Villa voraus.

Herr Baarsjes, der denselben Weg zwischen sechs soliden britischen Fäusten wanderte, begann plötzlich eine Serie der saftigsten holländischen Flüche auszustoßen, und es war ein Triumph für seine Kombinationsmöglichkeiten und die der holländischen Sprache, daß er weder fertig wurde, noch sich ein einziges Mal wiederholt hatte, als er und seine Begleiter die Villa erreichten.

4

„Die Erklärung des Ganzen," sagte Dr. Zimmertür über den Rand eines labenden Whiskygrogs hin, „ist ganz einfach mein konstantes Pech bei den Rennen. Ich habe gespielt solange ich zurückdenken kann, und immer habe ich verloren— das ist nun einmal mein Los hier auf Erden.

Auf jeden Fall können Sie sich denken, meine Herren, welches Staunen und welchen Neid es in mir erregte, als vor etwa sieben oder acht Jahren eine Bankfirma, die Buitendyk & Co. hieß, sich nicht weit von hier, in Haag, etablierte und allen Einlegern zehn Prozent monatlich für ihr Geld garantierte. Merken Sie wohl, monatlich! Einhundertundzwanzig Prozent im Jahr. Und wie wollte die Firma selbst das Geld beschaffen? Ja, durch Spiel auf allen Rennbahnen der Welt. Die Firma hatte unübertreffliche Verbindungen in Longchamps, in Berlin, mit allen englischen Rennställen, ja sogar in Kopenhagen. Überall kannte sie gute Outsiders, und überall heimste sie Geld ein, wenn sie gewannen.

Was das Ende sein würde, war ja leicht vorauszusehen. Die Leute bekamen ihr Geld durch drei Monate — oder waren es vier — und eines schönen Tages erstattete jemand die Anzeige. Herr Buitendyk wurde in einem Café in Haag verhaftet, in der Kasse fand man keinen Heller, was sichtlich bei der Polizei weniger Staunen erregte als bei Herrn Buitendyk, der seine Kleider zerriß und versicherte, daß er ein ehrlicher Mann sei. Was nicht hinderte, daß er ins Gefängnis wandern mußte. Da bekam er bedauerlicherweise die Schwindsucht und starb, ehe die Strafzeit abgelaufen war. Sein Kompagnon war nicht gleichzeitig arretiert worden. Man spürte ihm überall nach, aber er war und blieb ebenso verschwunden wie das Kapital der Einleger und ihre Dividenden.

Ich habe schon gesagt, daß ich selbst mit Pech spiele, und ich verfolgte die Gerichtsverhandlung mit größtem Interesse, obwohl ich kein Geld bei der Firma zugute hatte. Ich bildete mir meine eigene Theorie, aber ich ließ es mir damals nicht einfallen, sie jemandem mitzuteilen, da sie sich vermutlich nicht beweisen ließ. Sie gründete sich einerseits auf Herrn Buitendyks scheinbare Verwunderung über die leere Kasse, andererseits darauf, daß die Anzeige bei der Polizei frühmorgens erstattet worden war, aber die Arretierung erst am Nachmittag erfolgte. Ich sagte mir selbst, daß Herrn Buitendyks Kompagnon sehr wohl ein Gerücht von der Anzeige zu Ohren gekommen sein konnte und er Zeit gehabt hatte, mit der Kasse zu verschwinden. Was hatte er damit angefangen? War er unehrlich, dann fuhr er damit allein ins Ausland. War er ehrlich, dann sorgte er dafür, daß sein Kompagnon seinen Anteil an der Beute bekam. Hatte er das getan? Ja — aber daß und wie er es getan hatte, ging mir erst hier, fünf Jahre später, in Mr. Trowbridge' Villa auf.

Der Kompagnon hieß Van Seldam, und was er in Wirklichkeit tat, war folgendes: als das Gerücht von dem, was bevorstand, zu ihm drang, nahm er ohne langes Nachdenken alles, was sich in der Kasse befand — mit rühmenswerter Vorsicht vermied die Firma alle Bankkonti und hatte ihre Eingänge in barem Gelde bei sich. Von Haag fuhr er mit der Straßenbahn nach Scheveningen und mietete dort ein Motorboot, das ihn aus dem Lande brachte. Aber vorher machte er einen Besuch in der Villa *Solitudo,* die dazumal ihrem Namen Ehre machte, denn es war November, und sie lag vollständig leer und öde da. Sowohl er als auch Herr Buitendyk kannten die Villa gut von früheren Besuchen in Scheveningen. Bevor er dann an Bord ging, sandte er an seinen Kompagnon ein Telegramm. Das wurde bei dem Prozeß unter anderen Papieren der Firma vorgelegt, aber niemand ahnte, daß es etwas anderes sein könnte, als das, wonach es aussah: ein Telegramm von irgendeinem Spieler, Geld auf ein paar bestimmte Pferde zu setzen. Ich las es selbst, wie es in den Zeitungen abgedruckt stand:

Einsatz Solitudo, Weeping Willow, höchster Einsatz Silver Birch II.

Damals grübelte ich lange über dieses Telegramm nach. Ich kannte die meisten Ställe des Kontinents, aber weder ein Pferd, das Solitudo, noch eines, das Weeping Willow oder Silver Birch II hieß. Andererseits waren es ja keine unmöglichen Namen, und schließlich ging mich die Sache ja nicht im geringsten an. Aber die Folge meiner Grübeleien war, daß ich mich noch heute, nach fünf Jahren, an den Wortlaut erinnerte. Als Herr Baarsjes seinen verblüffenden Fund bei der Tränenweide machte, begann ich nachzudenken, und als ich ein Weilchen nachgedacht hatte, begann ich Herrn Baarsjes in aller Ruhe zu psychoanalysieren. Wo und wie? fragen Sie. Beim Lunchtisch, während des Lunch! Ich zeichne so leidlich; und ich begann auf meiner Menükarte zu zeichnen, auf die Herr Baarsjes freie Aussicht hatte: zuerst eine Tränenweide, dann eine Birke und schließlich ein Rennpferd. Als er das Pferd sah, las ich in seinem Gesicht wie in einem offenen Buch, daß er verstanden hatte — und dann machte ich meinen kleinen Fund bei der mittleren der drei Silberbirken!

Sie fragen, warum Herr Baarsjes seinen Fund machte, warum er nicht lieber das Ganze im Dunkel der Nacht ausgrub! Er bereut es jetzt sicherlich — aber warum er so handelte, ist nicht allzuschwer zu erklären. Ein Mann, der solche Telegramme abschickt wie Herr Baarsjes — pardon wie Herr Van Seldam, ist Künstler, und ein Künstler begnügt sich nicht mit dem schnöden Gewinn; er liebt den künstlerischen Effekt, und er will Resonanz haben! Habe ich recht, meine Herren? Auf jeden Fall haben die Kommittenten der Firma Buitendyk L Co. jetzt Aussicht auf eine kleine, wenn auch verspätete Dividende."

Der Doktor verstummte, um seinen Hals mit der moussierenden Lösung zu erquicken. Mr. Crofton beugte sich näher zu Mr. Crowell und flüsterte:

„Er ist ein Gentleman!"

Mr. Crowell antwortete im Flüsterton:

„Und ein Christ!"

ANGEBOT
UND
NACHFRAGE

„Der nächste Herr, wenn ich bitten darf!" sagte Dr. Zimmertür und zeigte eine Sekunde sein Profil in der Türspalte. Seine Augen musterten unter gewölbten Augenlidern das Gemach. Einer der Wartenden, ein breiter, untersetzter Mann, stand auf und trat an dem Doktor vorbei in das Konsultationszimmer. Er schloß die Doppeltür hinter sich, aber so nachlässig, daß die innere Türhälfte wieder aufsprang. Der Doktor korrigierte selbst den Fehler.

„Erste Beobachtung," sagte er. „Sie kommen aus Neugierde, aber einer Neugierde, die mit ebenso großen Teilen Mißtrauen und Geringschätzung versetzt ist."

Der Patient fuhr aus den Grübeleien auf, in die er offenbar versunken war. Er sah sich mit zwei ungewöhnlich scharfen Augen in dem Konsultationszimmer um. Sein Teint war gelb und die Augenbrauen so dick, daß sie beinahe wie eine Binde auf der Stirn lagen.

„Mißtrauen? Geringschätzung?" knurrte er ungeduldig. „Gewiß nicht. Ich versichere Ihnen, daß —"

„Sie brauchen mir nichts zu versichern, was Sie selbst schon im vorhinein widerlegt haben," unterbrach der Doktor. „So wie Sie hereinkamen, erscheint man nicht bei jemandem, dessen Rat und Aussprüchen man einen gewissen Wert beilegt. Aber das tut nichts zur Sache. Ihr Name und Ihr Anliegen, wenn ich bitten darf?"

„Heuvelinck," sagte der Patient ein wenig verwirrt. „Mein Name ist Josef Heuvelinck. Aber ich versichere —"

Dr. Zimmertür winkte ablehnend mit seiner gepolsterten Hand.

„Und Ihr Anliegen? Träume belästigen Sie, nicht wahr?"

Herrn Heuvelincks Augen wurden plötzlich respektvoll.

„Wie können Sie — wie können Herr Doktor —"

„Was sollte es sonst sein? Sie sehen wirklich nicht so aus, als wenn Sie kämen, um Ihr Seelenleben im Interesse der Wissenschaft analysieren zu lassen. Etwas irritiert Sie — vermutlich, was Sie nachts träumen. Erzählen Sie! Ich bin pressiert!"

Herrn Heuvelincks Augen wurden fernschauend und visionär.

„Es ist ein Traum," gab er zu. „Ich bin nicht derjenige, der sich im allgemeinen viel um Träume schert —"

„Sicherlich nicht," murmelte der Doktor. „Aber dieser Traum?"

„Ich bin Antiquitätenhändler. Ich habe ein Geschäft Pijlsteeg 33 — das beste Geschäft in Amsterdam, wenn ich es selbst sagen darf."

Dr. Zimmertür nickte matt zustimmend.

„Was ich von Antiquitäten und Bildern nicht weiß," fuhr Herr Heuvelinck mit steigendem Enthusiasmus fort, „lohnt überhaupt nicht der Mühe zu wissen. Und was ich weiß, das habe ich auf eigene Hand gelernt. Was in den Büchern steht, dafür gebe ich nichts! Wenn man sieht, wie selbst feine Professoren phantastische Preise für Fälschungen zahlen, dann lacht man über die Bücher und das, was man daraus lernen kann. Hahaha! Nein, mit Büchern habe ich mich nie abgegeben — nur als Handelsware."

Dr. Zimmertür klopfte ein wenig ungeduldig mit dem Zeigefinger auf den Schreibtisch.

„Weiter!" sagte er. „Ihre Träume!"

„Jetzt komme ich dazu! Es ist übrigens nur ein Traum; aber dafür kommt er wieder und wieder — es ist zum

Wahnsinnigwerden! Hören Sie nur! Ich träume, daß ich im Zimmer hinter meinem Laden sitze. Ich kehre dem Laden den Rücken, und ich kann den Kopf nicht drehen. Vor meinen Augen habe ich ein Buch, das ich mit beiden Händen halte. Es ist so dick wie ein Kassabuch, und es ist immer auf derselben Seite aufgeschlagen. Auf dieser Seite steht eine Überschrift, und diese Überschrift ist: Angebot und Nachfrage."

Der Doktor zog die eine Augenbraue hoch.

„Haben Sie sich schon mit Nationalökonomie befaßt?"

„Nie. Mir macht meine eigene Ökonomie genug zu schaffen! Dieses Buch, Herr Doktor, liegt aufgeschlagen vor meinen Augen; alles, was ich lesen kann, ist die Überschrift: Angebot und Nachfrage, und wie ich sie so lese, Herr Doktor, wie ich sie lese, höre ich, wie man mir meine Kasse ausräumt, ohne daß ich einen Finger rühren kann! Was bedeutet das? Sagen Sie mir, was bedeutet das? Haben Sie je so etwas gehört?"

Der Doktor sah seinen Patienten gedankenvoll an.

„Ist das alles?"

„Ja. Aber ich habe keine Ruhe, bis ich nicht weiß, was das bedeutet. Ich habe extra Patentschlösser und elektrische Alarmleitungen an meiner Kasse angebracht, und doch kommt der Traum immer wieder! Nacht für Nacht, so daß ich ganz verrückt werde. Ich habe ja in der Zeitung gelesen, daß Sie — daß Herr Doktor Träume erklären, und nun bin ich gekommen, um zu hören, was meiner bedeutet!"

Herr Heuvelinck wischte sich mit einem Seidentaschentuch die Stirn und sah den Gelehrten flehend an. Dr. Zimmertür markierte die Sätze seiner Antwort durch kleine Gesten mit einem Papiermesser.

„Träume erklären? Das tue ich oder versuche es wenigstens zu tun — unter anderem. Ich versuche zu ergründen, wie Träume entstehen, was ihr Inhalt ist und wie man solche, die einem lästig fallen, loswerden kann. Ich bin, mit einem Worte, Psychoanalytiker. Verstehen Sie?"

„Ja! Das ist es ja gerade, was ich brauche."

„Ein Traum," fuhr der Doktor fort, „ist immer der wahrnehmbare Niederschlag eines unterdrückten Wunsches. Was wir im bewußten Zustand gewünscht, aber nicht erreicht oder nicht zu tun gewagt haben, das kommt im Schlaf in Form von Träumen wieder. Aber ein Wunsch braucht nicht positiv zu sein, er kann auch negativ sein: ein Wunsch, etwas zu vermeiden, eine Furcht, daß etwas eintreffen könnte. Ich schicke dies voraus, damit Sie mich verstehen können, wenn ich versuche, Ihren Traum zu erklären."

„Ich verstehe, ich verstehe. Beginnen Sie nur, Herr Doktor!"

„Gut! Wir wollen versuchen, Ihren Traum zu analysieren. Soll das gelingen, müssen Sie mir vor allem eines bestimmt versprechen: Sie müssen ganz ehrlich, so ehrlich Sie können, auf die Fragen antworten, die ich Ihnen stellen werde. Versprechen Sie das?"

Der Antiquitätenhändler sah hastig nach der Tür.

„Es ist ganz selbstverständlich," sagte der Doktor, „daß nichts, was in diesem Zimmer gesprochen wird, je weiter dringt. Wollen wir also anfangen?"

Herr Heuvelinck blinzelte wie jemand, der das kalte Schwimmbassin unter sich sieht, aber murmelte:

„Ja."

„Gut! Was Sie zuerst zu tun haben, ist, danach zu trachten, alle bewußte Gedankenarbeit aus Ihrem Gehirn auszuschalten. Versetzen Sie sich in denselben Zustand, als wenn Sie einschlafen wollen. Natürlich hört Ihr Bewußtsein deshalb nicht auf zu funktionieren; aber Sie sollen es zu nichts anderem verwenden als dazu, die Ideen zu beobachten, die aus Ihrem Unterbewußtsein auftauchen. Haben Sie verstanden?"

Herr Heuvelinck dachte so intensiv nach, daß die Augenbrauen sich über der Nasenwurzel zu einer Schleife verknoteten.

„Ja."

„Gut! Jetzt nenne ich ein Wort, und alle Gedanken, die, durch dieses Wort ausgelöst, in Ihrem Bewußtsein auftauchen, müssen Sie mir mitteilen. Sie verstehen: alle!"

Der Patient sah wieder hastig nach der Tür, aber nickte zum drittenmal und setzte sich in dem Fauteuil zurecht.

„Ja!"

„Gut! Jetzt sage ich das Wort Angebot. Welche Ideen ruft das in Ihnen hervor?"

Herr Heuvelinck starrte gleichsam eine nicht vorhandene Kristallkugel an.

„Gar keine."

„Es macht nichts, wenn die Ideen, die in Ihrem Bewußtsein auftauchen, gleichgültig sind! Also, woran denken Sie, wenn ich das Wort Angebot sage?"

„An gar nichts."

„Es tut nichts zur Sache, wenn der Gedanke, der auftaucht, Ihnen lächerlich oder gar abscheulich vorkommt; erzählen Sie ihn auf jeden Fall."

„Ich habe nichts zu erzählen."

Dr. Zimmertür zuckte die Achseln.

„Hm, und das Wort Nachfrage? Ruft das auch keine Ideenassoziationen — keine unwillkürlichen Gedanken bei Ihnen hervor?"

Herr Heuvelinck glich Rodins Statue ,Der Denker'.

„Doch."

„Welche? Was war das erste, woran Sie dachten, als ich das Wort Nachfrage sagte?"

„Ein telephonischer Anruf."

„Was für ein Anruf? Verfolgen Sie den Gedanken weiter, ohne ihn zu forcieren!"

„Ein Anruf von einem Kunden."

„Was sagte er?"

„Das — das erinnere ich mich nicht."

„Sie brauchen keine Angst zu haben, frei herauszusprechen. Wenn Sie wüßten, was ich in diesem Zimmer schon alles gehört habe! Betrachten Sie mich als einen Beichtvater oder noch besser als einen Arzt! Denken Sie nach! War der Kunde unzufrieden?"

„Das glaube ich nicht."

„Sie müssen sich doch sagen, daß ich Ihnen nicht helfen kann, wenn Sie mir nicht helfen wollen."

Herr Heuvelinck fuhr auf.

„Ich bin nicht hergekommen, um auf indiskrete Fragen zu antworten! Ich bin hergekommen, um zu erfahren, was mein Traum bedeutet. Gedenkt man mich zu bestehlen? Bitte antworten Sie: gedenkt man mich zu bestehlen? Das ist es, was ich wissen will!"

Dr. Zimmertür lächelte.

„Mein lieber Herr, Sie sind nicht Pharao, und ich bin nicht Joseph, der die Gabe der Prophezeiung besaß. Ich suche mit wissenschaftlichen Methoden zu erklären, warum der Patient von bestimmten Gedanken oder Träumen gequält wird, und eventuell kann ich ihn auf diese Weise von der Zwangsvorstellung oder dem Traum befreien. Aber die Zukunft deute ich nicht."

Herr Heuvelinck starrte hohnvoll.

„So? Das tun Sie nicht? Aber Träume erklären Sie? Wie erklären Sie meinen, wenn ich bitten darf?"

„Sie wollen meine Erklärung hören?"

„Ja."

„Meine Erklärung," sagte der Doktor trocken, „lautet so: ohne daß Sie es wissen, haben Sie ein paar nationalökonomische Ideen und Ausdrücke aufgeschnappt. Einer der gebräuchlichsten ist gerade der, der von Angebot und Nachfrage spricht. Wenn das Angebot einer Ware groß und die Nachfrage gering ist, ist die Ware billig; wenn die Nachfrage groß und das Angebot gering ist, ist die Ware teuer. Eines Tages verkaufen Sie einem Kunden die eine oder andere Antiquität. Hinterher entdeckt der Kunde, daß die Nachfrage nach dieser Antiquität nicht dem Angebot entspricht — mit anderen Worten, gerade herausgesprochen, daß er einen Originalpreis für eine Kopie gezahlt hat. Er ruft Sie telephonisch an und macht gewisse Bemerkungen. Dieser Anruf geht in Form von Träumen um — mit einem altmodischen Ausdruck könnte man von schlechtem Gewissen sprechen —"

„Genug!" rief der Antiquitätenhändler, vor Empörung flammend. „Was kostet die Konsultation? Ich vermute, daß sie nicht gratis ist!"

Der Doktor deutete auf einen diskret angebrachten Karton, der den Preis kundgab.

„Dreißig Gulden! Na, ich danke schön! Dreißig Gulden, um sich unerhörte Insinuationen an den Kopf werfen zu lassen — dreißig Gulden für eine Erklärung, die — in meinem Leben habe ich so etwas nicht gehört — ich bin ein ehrlicher Geschäftsmann, und ich werde —"

Er wühlte in seiner Brieftasche, bezahlte und verschwand. Diesmal vergaß er überhaupt, die Türen hinter sich zu schließen. Dr. Zimmertür zeigte wieder sein bleiches Profil in der Türspalte des Wartezimmers:

„Der nächste Herr, wenn ich bitten darf!"

2

Am selben Nachmittag trat ein distinguierter älterer Herr in das Antiquitätengeschäft am Pijlsteeg. Ein altmodischer Klingelzug versetzte den Laden in Aufruhr, und der Besitzer kam mit verwirrten Augen aus dem Hinterzimmer herausgestürzt; man sah es seiner Kleidung an, daß er gerade ein Mittagsschläfchen gehalten hatte. Der Besucher war wohlerzogen genug, sein Aussehen nicht zu bemerken. Er begann aus den Vitrinen zu wählen, und so allmählich fand er den Zeitpunkt für eine Konversation gekommen.

„Sie haben da ein vielseitiges Geschäft," begann er. „Münzen, Bilder und Porzellan — Sie können in Wahrheit mit Terenz sagen: ‚Nichts Menschliches ist mir fremd'."

„Wie lange soll dieser verdammte Traum mich noch quälen?" knurrte der Antiquitätenhändler vor sich hin.

„Haben Sie gefunden, was Sie suchen, mein Herr?"

„Teilweise," sagte der Fremde, leicht verwundert über Herrn Heuvelincks Benehmen. „Ja, teilweise."

„So?" Der Antiquitätenhändler schürzte die Augenbrauen zu einem Knoten. „Ich wage zu behaupten, daß mein Geschäft —"

„Ihr Geschäft ist vortrefflich assortiert," beruhigte der Kunde. „Aber gerade weil Ihre Auswahl so gut ist, ist meine Enttäuschung um so größer. Ich hatte gehofft, eine ganz bestimmte Sache bei Ihnen zu finden, eine Sache, nach der ich schon die längste Zeit fahnde."

„Was für eine Sache?" fragte Herr Heuvelinck. „Wenn sie existiert, werde ich sie in einem Monat beschaffen."

„Versprechen Sie nicht zuviel!" riet der Besucher mit einem leisen Lachen. „Es ist ein florentinischer Doppelskudo aus der Zeit Savonarolas, dem ich nachjage."

Die Augen des Antiquitätenhändlers zeigten einen Ausdruck von wirklichem Respekt.

„Savonarolas Doppelskudi!" wiederholte er. „Nein, die sieht man nicht alle Tage. Ich habe einmal einen gehabt, aber das ist schon lange her. Es wird wohl auf der ganzen Welt keine zwei Dutzend geben."

„Soviel man weiß, nicht," räumte der Fremde ein. „Savonarola konnte nicht mehr viel Geld in Umlauf bringen, bevor er verbrannt wurde. Er war Mönch, er wollte Florenz direkt der Leitung der Vorsehung unterstellen, und Geld ist für ein Reich, das nicht von dieser Welt ist, höchstens ein notwendiges Übel."

Herr Heuvelinck blätterte, ohne zuzuhören, in einem Katalog.

„Vierzehnhundert Gulden!" murmelte er mit herabhängendem Unterkiefer. „Das hätte ich nicht geglaubt!"

„Sollten vierzehnhundert Gulden für einen von Savonarolas Doppelskudi zuviel sein?" rief der Besucher erstaunt. „Ich verstehe Sie nicht. Bedenken Sie doch, wie gering das Angebot ist! Übrigens ist Ihr Katalog veraltet. Ich glaube, die letzte Notierung ist achtzehnhundert Gulden, und ich weiß, daß ich mit Freuden jederzeit zweitausendfünfhundert geben würde. Wieviel machen diese Kleinigkeiten?"

Herr Heuvelinck konzentrierte mit Schwierigkeit seine Gedanken, um auszurechnen, was die römischen Silbermünzen des Fremden kosteten.

„Fünfundachtzig Gulden," sagte er mit einer Stimme, die für einen so kleinen Betrag förmlich um Entschuldigung bat. Tatsächlich betrug dieser auch nicht mehr als das Doppelte des Wertes der Münzen. „Wohin darf ich die Sachen schicken?"

„Fiinfundachtzig? Bitte sehr. Wollen Sie so freundlich sein, sie ins Hotel de l'Europe zu schicken? Hier ist meine Karte. Und wenn Ihnen doch einmal ein Doppelskudo unterkommen sollte — ich sage wenn — so wissen Sie, wo ich wohne!"

Er verschwand mit einem Lächeln von auserlesener Höflichkeit. Herr Heuvelinck begleitete ihn unter Verbeugungen zur Tür; denn ein Kunde, der nicht handelt, ist ein schöner und seltener Vogel in einem Antiquitätengeschäft, und am Abend gab er selbst das kleine Päckchen im Hotel de l'Europe ab. Generaldirektor Sebastian Hallman, Stockholm? Ja, der Herr Generaldirektor wohnte im Hotel und wollte noch einen Monat bleiben.

3

Fünfzehnhundert Millionen Menschen atmeten, jeder mit durchschnittlich zwei Lungen; seltsame Nahrungsmittel passierten ihre materielle Person, seltsame Gedanken ihre immaterielle Person; und in der Heerengracht in Amsterdam suchte Dr. Zimmertür jenen Teil dieser Gedanken zu deuten, die den Betreffenden eigentümlich oder beunruhigend vorkamen und sie in ihrem Kampf um die Lebensmittel mit fünfzehnhundert Millionen Mitmenschen behinderten. Eines Tages fiel dem Doktor sein hitziger Patient vom Pijlsteeg ein. Er war selbst ein wenig Sammler. Der Mann interessierte ihn. Er beschloß, ihm einen nichtprofessionellen Besuch abzustatten.

Pijlsteeg ist das schmale Gäßchen mit den Häusern aus dem sechzehnten Jahrhundert, das parallel mit der Damstraat von der Börsestraße hinunterführt. Der uralte Likör-Ausschank Bols liegt da, und schräg gegenüber davon fand der Doktor Herrn Heuvelincks Laden.

Der Laden war so, wie er ihn erwartet hatte — ein altertümliches, enges Lokal mit Vitrinen, Tischen und Regalen. Im Hintergrund führte eine Tür in ein Privatzimmer. Auf die Signale des Glockenzuges öffnete sich diese Tür, und der Inhaber des Ladens steckte den Kopf heraus.

„Komme gleich!" sagte er kurz und verschwand in das Hinterzimmer. Obwohl es schon dämmerte, war in dem Laden noch kein Licht angezündet, und es war zweifelhaft, ob Herr Heuvelinck seinen Besucher erkannt hatte. Dr. Zimmertür bemerkte, daß seine Stimme erregt klang und daß er die Tür in sein Privatzimmer überaus sorgsam verschloß. Er begann sich umzusehen.

Herrn Heuvelincks Warenlager war überaus vielseitig und reichhaltig. Da war chinesisches und französisches Porzellan; da waren eingelegte Tische und alte Niederländer in vergoldeten Rahmen; da war schließlich ein Schaukasten um den anderen mit seltsamen Münzen. Der Doktor sah sich das Ganze mit Interesse an. Aber plötzlich fing sein müder Blick Feuer, und eine matte Röte flammte in seinem Gesicht auf. Auf einem Tisch, der sich unter bric-á-brac aller Art — Statuetten, Bücher und Porzellan — bog, lag in einer Schale eine schwere Silbermünze von eigentümlichem Typus.

„Sollte das möglich sein?" murmelte er zu sich selbst und fischte in der Westentasche nach seiner Lupe.

Die Dämmerung war von Perlmutterweiß in Fliederblau übergegangen, und er mußte mit der Münze ans Fenster treten, um sie zu sehen. Er studierte Form und Prägung, er wog sie in der Hand und prüfte ihre Patina. Soviel er sehen konnte, war sie unzweifelhaft echt. Auf der abgegriffenen und vom Alter verfärbten Vorderseite leuchteten die zwei uralten Symbole der Kirche — das Auge und das Dreieck; auf der Rückseite die Inschrift: Florentina Republica Dei O.M. Er sah Visionen; das Reich Lorenzo il Magnificos von einem schwarzen Mönch gestürzt; die Marmorstatuen im Staube, Florenz, die Gottesrepublik, mit Savonarola als Lenker, dann einen flammenden Scheiterhaufen ... Er stand noch in Gedanken versunken da, als die Tür des Privatzimmers sich öffnete.

„Ja, ja, volle Diskretion," hörte er eine Stimme murmeln. Sie war dick und krächzend. — „Volle Diskretion — ich schwöre es!"

Herr Heuvelinck stand auf der Schwelle in Gesellschaft eines jungen Mannes in überaus gutsitzendem Anzug. Seine Wangen waren flaumig und elfenbeinglatt, sein Haar wohlfrisiert und von blanker Schwärze. Nach allen Zeichen zu schließen, hatte er auf Erden keine andere Arbeit geleistet, als zur Welt zu kommen, sich nähren, erhalten, pflegen und maniküren zu lassen. Er drückte dem Antiquitätenhändler verbindlich die Hand und schickte sich an zu gehen. Plötzlich sah Herr Heuvelinck in eine Schachtel, die er in der Hand hielt und stieß einen durchdringenden Schrei aus:

„Aber Sie hatten ja fünf — und hier sind nur vier!"

„Sie haben eine hierher gelegt," sagte der junge Mann mit wohlklingender Stimme und deutete auf einen Tisch.

„Ja, aber da ist keine! Großer Gott, da ist keine! Was ist das? Vorhin war ein Mann im Laden — kann er —"

Herrn Heuvelincks Stimme stieg an wie der Gesang der Lerche. Offenbar sah er den Gelehrten nicht, der am Fenster stand, halb durch eine Portiere verborgen. Dr. Zimmertür räusperte sich.

„Entschuldigen Sie, wenn ich dastehe und mir etwas ansehe, was Sie suchen," sagte er. „Ich sah diesen Florentinischen Doppelskudo auf dem Tisch liegen, und in dem Glauben, daß er zu verkaufen sei, nahm ich ihn hier zum Fenster, um —"

Etwas in seiner Stimme erweckte in der Seele des Antiquitätenhändlers Erinnerungen. Er drehte blitzschnell das elektrische Licht auf und erkannte den Doktor.

„Sie!" schrie er zitternd vor Erregung. „Was wollen Sie hier? Glauben Sie, ich wünsche mir noch weitere Konsultationen zu dreißig Gulden? Glauben Sie, ich wünsche mir noch weitere Unverschämtheiten? Was machen Sie hier?"

Sein Gesicht war vor Erregung verzerrt. Er riß die Silbermünze mit einer Gebärde an sich, als wollte er zuschlagen.

„Was tun Sie hier? Antworten Sie!"

Dr. Zimmertür wandte sich an den jungen Mann.

„Mein Herr, Sie sind Zeuge einer Szene, die Sie vermutlich mehr in Erstaunen setzt als mich. Ich bin nämlich Psychiater. Guten Abend, Herr Heuvelinck. Als Kunde komme ich nicht wieder, aber wenn Sie mich als Arzt brauchen, werde ich trotz Ihres Benehmens kommen."

Er grüßte und ging. Herr Heuvelinck wollte ihn zur Tür begleiten, aber der junge Mann legte die Hand auf seinen Arm und hielt ihn zurück.

„Um Gotteswillen — Diskretion!" flüsterte er.

4

Dr. Zimmertürs Wartezimmer wurde eben gelüftet, als zwei Tage später ein Mann mit dicken Augenbrauen und gelbem Teint an dem Mädchen vorbei in das Ordinationszimmer eindrang. Der Doktor selbst stand an einem Bücherbord und blätterte in einer Enzyklopädie. Sein stürmischer Gast zögerte keinen Augenblick in der Wahl seiner Begrüßungsworte.

„Sie waren mit ihnen im Komplott. Darum wollten Sie den Traum nicht deuten! Darum sind Sie vorgestern in den Laden gekommen. Aber Sie werden —"

Der Doktor legte das Buch aus der Hand und ging seinem unerwarteten Gast entgegen.

„Was meinen Sie?" fragte er. „Warum kommen Sie vor der Ordinationszeit? Und was reden Sie da für einen Unsinn zusammen!"

Herr Heuvelinck blieb ihm die Antwort nicht schuldig.

„Sie wissen schon, was ich meine! Sie kennen diese Menschen, und Sie wußten, was sie im Schilde führten! Sie waren mit ihnen im Komplott, aber ich werde —"

Seine Gesichtsmuskeln arbeiteten konvulsivisch. Er hob die Hände, wie um zu schlagen.

Pang! klatschte eine Ohrfeige auf seiner rechten Wange. Und ehe er noch die linke darbieten konnte, sauste eine neue Ohrfeige auf diese herab — pang! Es waren keine heftigen Ohrfeigen, aber sie hatten denselben Effekt, den ein leiser Anruf auf einen Schlafwandler ausübt. Der Antiquitätenhändler starrte seinen Gegner, dem er physisch überlegen war, aus schlaftrunkenen Augen an, zwinkerte ein paarmal mit den Augenlidern und brach dann plötzlich in lautes Schluchzen aus. Der Doktor ging zu einem Wandschrank, nahm eine geschliffene Karaffe heraus und kredenzte Herrn Heuvelinck ein Gläschen.

„Ich hatte die Diagnose auf krankhaftes Mißtrauen und Neigung zu Zwangsvorstellungen gestellt," sagte er. „Sollten Sie auch an Verfolgungswahn leiden? Was soll das sonst heißen, daß Sie hier eindringen und mir ehrenrührige Insinuationen ins Gesicht schleudern?"

Herr Heuvelinck nippte an seinem Kognak und reichte ihm einen Brief.

„Das hier," schluchzte er, „das hier kam heute in aller Frühe, und ich lief ins Hotel — und der Generaldirektor war abgereist — und ich lief zu meinem Freund Koolhoven —

aber da waren sie nicht gewesen — und zu meinem Freund Cruppeninck — da waren sie auch nicht gewesen — und sie lachten mich aus — und dann kam ich zu Ihnen —"

Er schlürfte den Kognak, der von seinen Tränen licht gefärbt wurde. Dr. Zimmertür nahm den Brief. Er war aus Paris. Das Kuvert zeigte die Firma eines anderen Antiquitätenhändlers und die Worte PRIVAT, UNTER DISKRETION in großen Buchstaben. Er las:

Lieber Freund und Kollege!

Ich habe Deinen Brief von voriger Woche, betreffend die Möglichkeit, Florentinische Doppelskudi aus der Zeit Savonarolas zu beschaffen, richtig erhalten. Ich kann Dir sofort sagen, daß die Aussichten, diese Münzen aufzutreiben, sehr gering sind. Wie Du sicherlich weißt, existieren kaum mehr als zwölf bis fünfzehn Exemplare in allen Museen und Sammlungen der Welt. Die letzte Notierung ist auch achtzehnhundert Gulden in holländischem Gelde.

Deine Frage hat mich jedoch Deinetwegen sehr beunruhigt, nicht ohne Grund.

Vor kurzer Zeit hatte ich in meinem Geschäft den Besuch eines distinguierten Herrn, der einige Kleinigkeiten kaufte — ich glaube für dreihundert Francs — und dann dieselbe Frage stellte, die Du in Deinem Brief an mich gerichtet hast — ob ich ihm einen Florentinischen Doppelskudo aus der Zeit Savonarolas verschaffen könne. Ich verneinte und gab ihm dieselben Auskünfte, die ich soeben Dir, lieber Freund und Kollege, gegeben habe. Er nickte, wie um zu sagen, daß er sich nichts anderes erwartet hatte, aber bat mich, mir ,für alle Fälle' seinen Namen aufzuschreiben: Generaldirektor Sebastian Hallman, Stockholm, und seine Adresse: Hotel Continental. Konnte ich eine solche Münze auftreiben, so war er bereit, zweitausend Gulden in Deiner Währung und auch mehr zu bezahlen.

Zwei Tage darauf bekam ich den Besuch eines sehr gut-gekleideten jungen Mannes, der mich um eine vertrauliche Un-terredung ersuchte. Er stellte sich als Marquis de San Marciano aus Florenz vor. Er gab zu verstehen, daß er nicht so gut situiert war, wie er wünschte. Er hatte Verluste im Spiel gehabt und war augenblicklich so schlecht daran, daß er einen Teil seiner Familienkleinodien veräußern mußte. Unter diesen befand sich eine kleine Kollektion Doppelskudi aus der Zeit Savonarolas. Der Zweck seines Besuches war kurz und gut, sie zum Kauf an-zubieten. Was den Preis betraf, so war er bereit, sich mit einer Summe zu begnügen, die fünfzehnhundert Gulden pro Stück entsprach. Aber vor allem verlangte er Diskretion!

Du kannst Dir sicherlich denken, lieber Freund und Kollege, daß ich auf dieses Angebot nicht nein sagte, und auch, daß ich mir vornahm, die ‚Ware‘ des Marquis nicht einmal, sondern x-mal zu prüfen, bevor ich sie kaufte. Er kam am nächsten Tag damit, und durch mehrere Stunden unterzog ich die Münzen — er hatte sechs zu offerieren — all den Prüfungen, die einem Mann unseres Berufes zur Verfügung stehen. Aber ich konnte keinen Fehler entdecken. Das Gewicht war richtig, die Prägung ebenfalls, die Münzen waren an den Rändern so abgewetzt, wie sie es nach vier Jahrhunderten sein mußten, und schließlich hatten sie die Patina, die man erwarten konnte. Nun weiß ich ebensogut wie Du, lieber Freund und Kollege, daß gewisse freche Fälscher in Italien — um eine solche Patina zu erzielen — die Münzen Gänsen und Truthähnen zu fressen geben, in deren In-nern sie eine Art Patina erhalten. Doch diese verrät dem Kenner *rasch genug ihren animalischen Ursprung — die echten Münzen erhalten ihre Patina durch die Berührung mit Menschenhaut! Genug! — die Münzen des Marquis erschienen, auch aus diesem Gesichtspunkt betrachtet, echt, und ich kaufte, ohne zu zögern, die ganze Kollektion für eine Summe von neuntausend Gulden. Ich sah mich schon als Besitzer eines Gewinns von mindestens dreitausend Gulden und eilte ungesäumt in das Hotel Continental.*

Da wurde mir die erste schmerzliche Überraschung. Der Generaldirektor aus Stockholm war abgereist [ich hatte mich vorher vergewissert, daß er wirklich in dem Hotel wohnte und noch zirka einen Monat dableiben sollte]; doch diese Überraschung war ein Nichts gegen das, was mich in den folgenden Tagen erwartete. Um Dich nicht zu ermüden, will ich Dir gleich sagen, worin diese Überraschungen bestanden: der Generaldirektor und der Marquis haben sich als zwei ungewöhnlich geschickte Falschmünzer entpuppt, die sich auf antike Münzen anstatt auf moderne Banknoten verlegt haben. Die Prägung der Münzen ist tadellos, das Gewicht stimmt, und sogar die Legierung ist richtig. Aber es würde ihnen vielleicht doch schwer geworden sein, Opfer zu finden, wenn sie sich nicht zwei raffinierte Tricks ausgedacht hätten, um ihren Nachäffungen das abgegriffene Aussehen und die Patina zu verleihen, die auch mich täuschte. Um das erstere zu erzielen, bedienten sie sich eines kleinen, mit Eisenfeilspänen und Fett gefüllten Fäßchens. In dieses wurden die Erzeugnisse ihres Münzamtes gelegt, und durch die Erschütterungen des Fäßchens auf ihren ständigen Reisen nahmen die Münzen gar bald ein vielhundertjähriges, abgegriffenes Aussehen an. Aber damit das Tüpfelchen über dem i nicht fehlte, hatten sie noch einen letzten Kniff in der Reserve. Die armen Bauern in Italien haben, wie Du weißt, ihre

Füße mit Stoffstreifen umwickelt, die sie, von dem Augenblick an, in dem sie sie anlegen, nicht wechseln, bis sie ihnen von den Beinen fallen. Für einige Soldi Trinkgeld ließen sie sich gerne von dem Generaldirektor und dem Marquis bewegen, so viele Münzen, als sie nur wollten, unmittelbar auf der Haut zu tragen ...

Hierdurch bekamen die Münzen jene menschliche Patina, die den gewöhnlichen Fälschungen fehlt, und damit waren sie reif, gutgläubigen Menschen, wie ich einer bin, als Savonarolaskudi verkauft zu werden!

Lieber Freund und Kollege, ich hoffe von ganzem Herzen, daß Deine Anfrage wegen der Savonarolaskudi nicht etwa im Zusammenhang damit steht, daß die zwei Betrüger aus Paris geflüchtet sind und sich, wie es heißt, nach Belgien und Holland gewendet haben! Dies wünscht Dein vom Unglück heimgesuchter Freund und Kollege

Louis Schrameck

P.S. Mein Trost ist, daß ich im Unglück nicht allein bin. Zwölf andere Antiquitätenhändler in Paris trauern mit mir. Möge dieser Brief noch rechtzeitig kommen, um Dir zur Warnung dienen zu können!

Dr. Zimmertür ließ den Brief sinken. Sein Patient sah, das geleerte Kognakglas in der Hand, vor sich hin.

„Zur Warnung!" sagte er mit tränenerstickter Stimme. „Als ob ich eine Warnung aus Paris gebraucht hätte! Als ob mein Traum mich nicht genügend gewarnt hätte! Hätte ich mich nur an das Traumbuch gehalten! Da steht: in einem Buche lesen — Warnung vor bevorstehendem Unglück; jemand führt Böses gegen dich im Schilde! Und mir träumte

Nacht für Nacht, daß ich in einem Buch las. Aber anstatt dem Traumbuch zu folgen, gehe ich zu Ihnen, und Sie stellen unverschämte Behauptungen auf und nehmen mir dafür dreißig Gulden ab! Ich könnte darauf schwören — er stellte das Kognakglas mit einem Krach hin —, ich könnte darauf schwören, daß Sie es ebensogut gewußt haben wie das Traumbuch. Was sollte diese ganze Wissenschaft sonst für einen Sinn haben! Sie wußten es! Aber anstatt es zu sagen, lassen Sie die Diebe —"

„Hören Sie mal!" sagte der Doktor scharf. „Ich glaubte, Sie wären kuriert! Oder soll ich Sie noch einmal in Behandlung nehmen?"

Herrn Heuvelincks Mut verebbte rasch. Aber er wagte noch eine letzte klagende Frage:

„Warum haben Sie mir nicht gesagt, was es bedeutet? Sie wußten es doch! Warum schwätzten Sie von all dem anderen?"

„Herr Heuvelinck, sagte der Doktor und schob ihn sanft, aber bestimmt dem Ausgang zu, „ich habe Ihnen eine Diagnose gestellt, und ich zweifle keinen Augenblick, daß sie richtig ist. Aber ausnahmsweise einmal könnte ich beinahe mit Ihrem Traumbuch einig sein. Im Traum lasen Sie in einer Nationalökonomie, und Sie gaben selbst zu, daß Sie von diesem Gegenstände keine Ahnung haben. Hätten Sie Ihrem Traum gehorcht und das Thema ein wenig studiert, so wären Sie vielleicht zu der Erkenntnis gekommen, daß, solange gewisse Menschen eine Sache hoch bezahlen, andere Menschen dafür Sorge tragen werden, daß sie vorhanden ist, und daß es Leute geben kann, die frech genug sind, selbst sowohl für Angebot als auch für Nachfrage zu sorgen! Leben Sie wohl, Herr Heuvelinck!"

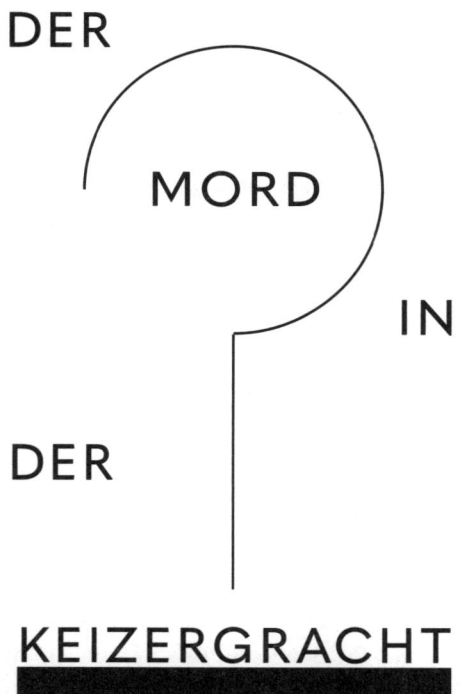

DER MORD IN DER KEIZERGRACHT

Der Gast an dem Ecktischchen war ungefähr dreißig Jahre alt. Er hatte ein frisches, rötliches Gesicht mit blonden, beinahe unsichtbaren Augenbrauen über graublauen, abwesenden Augen. Sein Haar war an den Schläfen bedenklich dünn, aber sorgsam geordnet und zeigte Spuren entschwundener Lockigkeit. Er begann mit einer rundlichen, weißen Hand über die Tischplatte zu tasten. Der Kellner eilte herbei und reichte ihm seinen Zwicker.

„Danke, danke, woher wußten Sie —"

„Der Herr werden es sicherlich nicht bemerkt haben, aber ich bin selbst kurzsichtig."

Der Gast sah erstaunt auf:

„Ja wahrhaftig, Sie tragen ja auch einen Zwicker. Ich glaubte, das wäre in Ihrem Beruf verboten!"

Der Kellner war ein älterer Mann mit dem Körper eines Ringers und einem Stierhals, der ganz unmotiviert ein frommes, glattrasiertes Pastorengesicht trug. Er legte das Gesicht in Konversationsfalten und erwiderte:

„Nein, es gibt nicht viele Direktoren, die einen Mann, der schlecht sieht, anstellen würden! Wissen Sie, sie sind besorgt für den Rangunterschied, jawohl. Sie denken, der Kellner hat einen Frack wie der Gast, und wenn nun der Kellner auch noch Augenglaser trägt, wo bleibt dann der Respekt? Nein, ich glaube, ich habe in meinem ganzen Leben keine drei Kollegen mit Augengläsern getroffen. Aber Herr Beeldemaker meint, in einer Bodega macht das weniger."

Auch der Gast schien zur Konversation aufgelegt.

„Sie sind schon lange kurzsichtig?" erkundigte er sich.

„Seit meiner Kindheit! Neun Dioptrien."

„Neun Dioptrien! Sie müssen ja ohne Augengläser direkt blind sein."

„Bin ich auch. Blind wie eine Eule!"

Der Kellner nahm den Zwicker ab und blinzelte hilflos mit zwei schwarzen Augen.

„Neun Dioptrien," sagte der Gast und nickte teilnehmend. „Ich habe sieben, und das langt. Ich erinnere mich noch, wie ich einmal in Paris —"

Er begann eine ausführliche Darstellung dessen, was ihm da passiert war. Es ging daraus hervor, daß er in Paris wohnte, obwohl er Holländer war. Aber so jetzt im Frühling liebte er Amsterdam. Das violette Abendlicht über den grünen Kanälen, die Dämmerung zwischen den hohen Giebelhäusern — er war viel gereist, er war Lebenskünstler, aber etwas Erleseneres hatte er nie gesehen.

Der Kellner lauschte. Ein Ausdruck respektvoller Vertraulichkeit legte sich über sein Gesicht wie von einem breiten Pinsel hingemalt. Aber seine Augen waren beobachtend. Die interessierten sich sichtlich für die Kleider des Gastes, seine Lackschuhe mit den graublauen Einsätzen, die zweifellos aus Paris stammten, seine Schmetterlingskrawatte und seine Armbanduhr aus Platin. Schließlich erwähnte der Gast zufällig, wer er war: Scheltema, Sohn des einen Teilhabers der Firma Scheltema und Dilkema am Rembrandtplatz. Der Kellner riß die Augen auf.

„Aber da wohnen der Herr ja hier im Hause?"

„Ja. Ich habe meine kleine Wohnung hier, wenn ich auch in Paris lebe. So im Frühling kann ich Amsterdam für ein paar Wochen nicht entbehren. Ich bin erst gestern abend gekommen."

Beeldemakers Bodega, ein langes tiefes Lokal in gotischem Stil, nahm das Erdgeschoß eines modernen Hauses in der Keizergracht ein. Die übrigen Stockwerke wurden vermietet.

„Aber Sie können noch nicht lange hier sein,“ sagte Herr Scheltema. „Voriges Jahr hatte Beeldemaker einen anderen Kellner, daran erinnere ich mich.“

„Erst ein halbes Jahr,“ verbeugte sich der Kellner unterwürfig. „Aber ich glaube, daß ich zur Zufriedenheit der Gäste gearbeitet habe.“

„Trotz der Augengläser,“ bemerkte Herr Scheltema mit einem humoristischen Lächeln. „Wollen Sie mir noch einen Absinth geben?“

Der Kellner holte den Absinth und servierte dann einem Herrn mit gelbem Teint, der sich in der Ecke gegenüber niedergelassen hatte, einem kleinen, prallen Mann mit Vollmondsgesicht, funkelnden schwarzen Augen und unverkennbar levantinischem Typus. Herr Scheltema mischte seinen Absinth mit der Sorgfalt eines Chemikers für die Proportionen und dem Auge eines Künstlers für die Farbenbrechungen. Er hob den Trank zum Abendhimmel, bevor er ihn kostete, und vertiefte sich dann in ein französisches Buch mit zitronengelbem Umschlag. Von Zeit zu Zeit ließ er das Buch sinken, schloß die Augen und lehnte den Kopf träumerisch zurück. Jedesmal, wenn er sie wieder aufschlug, fand er zwei neugierige Augen aus der Ecke gegenüber auf sich gerichtet. Er legte das Buch nieder und winkte den Kellner heran.

„Kennen Sie den Herrn dort drüben?“ fragte er.

„Ja, das ist Doktor Zimmertür,“ flüsterte der Kellner.

„Doktor Zimmertür! Der Psychoanalytiker?"

„Ja. Er kommt fast jeden Tag."

Herr Scheltema hob sein Glas mit einem ironischen Lächeln.

„Psychoanalytiker!" sagte er mit vibrierender Stimme. „Als ob die Seele sich nach sogenannten wissenschaftlichen Methoden analysieren ließe! Als ob man mit der Laterne der Intelligenz einen Weg in die Abgründe der Seele finden könnte! Als ob irgendein Botaniker die krankhafte Flora ihrer Stollengänge katalogisieren könnte! Wenn Sie eine Vorstellung von einer Orchidee haben wollen, werden Sie sie sich dann von einem Gelehrten mit lateinischen Namen und Diagrammen beschreiben lassen? Nein — Sie werden einen Künstler darum bitten, dann ist das Resultat ein Buch wie dieses hier!"

Der Kellner legte ehrerbietig den Kopf schräg und las den Titel des Buches. Es war *Les Fleurs du Mal* mit einer Studie über Baudelaire. Dann warf er einen unruhigen Blick über die Achsel nach Dr. Zimmertürs Tisch. Herr Scheltema hatte, während er seine Ansichten aussprach, die Stimme keineswegs gesenkt. Aber der Doktor war hastig hinter *De Notenkraker* verschwunden und schien weder zu hören noch zu sehen.

„Im übrigen," fuhr Herr Scheltema mit einem scharfen Blick nach *De Notenkraker* fort, „bestreite ich schon die Grundlage, auf der diese Gelehrten ihre Systeme aufbauen. Sie sind außerstande, selbst die einfachsten Tatsachen zu beobachten. Sie bauen auf den Beobachtungen anderer weiter, aber selbst eine zu machen, ist ihnen ebenso unmöglich wie — wie einem Kurzsichtigen, ohne Brillen zu sehen."

Mit einem Blick auf den regungslosen *De Notenkraker* trank er demonstrativ sein Glas aus und bestellte ein neues. Als dieses bald darauf geleert war, sprach er den Wunsch aus zu zahlen. Über den Rand seines Witzblattes sah Dr. Zimmertür ihn dem Kellner einen Zwanzigguldenschein geben. Der Kellner gab einige schwere Silbermünzen zurück und machte eine Pause. Der junge Scheltema, dessen Augen dem Gang der Wolken über den Abendhimmel folgten, schob ihm ein Trinkgeld hin, stand auf und ging.

Zu dem Gelde, das er hatte zurückbekommen sollen, fehlten zehn Gulden ... Der Kellner folgte ihm, sich verbeugend, zur Türe. Der Doktor kicherte lautlos hinter seiner Zeitung.

„Da hat mein Freund Oosterhout einen guten Coup gemacht," murmelte er zu sich selbst. „Es war das erstemal, daß ich sah, wie er es machte, wenn auch — aber es sollte mich wundern, wenn der junge Scheltema seinen Schwindel nicht noch entdecken sollte. So dekadent er sich auch gibt, ist er doch von zu guten Eltern, um nicht mit zehn Gulden zu rechnen!"

2

Am nächsten Tag zur selben Zeit saß der Doktor wieder in der Bodega. Der Aperitif interessierte ihn weniger als die Frage, ob die gestrige Episode eine Fortsetzung finden würde. Sie blieb auch nicht aus.

Nach einer Viertelstunde erschien der junge Scheltema in Lackschuhen und einer grünen Schmetterlingskrawatte.

Der Kellner Oosterhout begrüßte ihn mit einer tiefen Reverenz und einem Lächeln untertänigen Einverständnisses. Der junge Scheltema erwiderte es mit einem nicht weniger herzlichen Lächeln.

„Einen Absinth!"

Sollte er nichts gemerkt haben? Oosterhout servierte den Absinth mit beinahe väterlicher Miene und gestattete sich einen interessierten Blick auf die Lektüre seines Gastes. Es war noch immer die Studie über Baudelaire. Der junge Scheltema belohnte sein Interesse mit einem Gespräch. Kannte Oosterhout die Gedichte Baudelaires? Nein? Aber wenn der Dialekt nicht trog, war Oosterhout doch Vläme — Belgier? Ja, gewiß; Baudelaire hatte mehrere Jahre in Belgien gelebt. Wollte Oosterhout seine Beschreibung der Belgier hören? Der Kellner nahm einen Ausdruck an, als wäre er in der Kirche, während er sich anschickte zu lauschen. Zu sagen, daß er verblüfft über die Schilderung war, die Baudelaire von seinen Landsleuten entworfen hat, den Eigenschaften, mit denen er sie ausstattet, und den haarsträubenden Reimen, mit denen er seine Gefühle für sie ausdrückte — dies zu sagen, wäre zu wenig gewesen. Er prallte einen Schritt zurück, als hätte er eine Ohrfeige bekommen. Als er zu seinem gewöhnlichen Platz im Hintergrund der Bodega verschwand, folgte ihm ein Lächeln des jungen Scheltema, ein ganz eigenartiges Lächeln, ein in sich gekehrtes, ein infames Lächeln, das zu einem Prozeß berechtigen konnte. Aber kein weiteres Wort kam über die Lippen des jungen Scheltema.

„Er hat es gemerkt!" dachte der Doktor. „Kein Zweifel — und dies ist seine Rache."

Er verfolgte die Phasen des Duells mit wachsender Spannung. Denn ein Duell war es! Immer wieder fand Scheltema Anlaß, den Kellner in ein Gespräch zu verwickeln, er zeigte Interesse für seine Privatangelegenheiten, mischte Honig in seine Stimme, überwand das dumpfe Mißtrauen des Kellners — um ihn plötzlich mit jenem infamen Lächeln anzusehen, das deutlicher als Worte sagte: Ich weiß alles, und du weißt, daß ich es weiß — aber ich sage nichts. Heute morgen und alle folgenden Tage wirst du mich hier sehen, du kannst nichts sagen, ich werde nichts sagen — aber du weißt, daß ich alles weiß!

Hätte Oosterhout eine Möglichkeit gesehen, die Sache zur Sprache zu bringen, ohne sich zu blamieren, er hätte es getan, denn sein Gesicht strahlte Reue aus — aber er sah keine Möglichkeit. Und das Duell dauerte an, bis die Uhr sieben schlug und der reiche Jüngling ging. Als er am nächsten Tage kam, schien er das Ganze vergessen zu haben, aber kaum war eine halbe Stunde vergangen, als er sein Spiel von neuem begann. Als er um sieben Uhr ging, war Oosterhouts Gesicht so grau wie der Staub auf den Portweinflaschen der Bodega.

Wichtige Angelegenheiten hinderten den Doktor in den nächsten Tagen die Bodega zu besuchen. Er blieb fast eine Woche aus. Aber er stutzte, als er die Walstatt wieder sah.

An seinem Tisch saß der junge Scheltema, tadellos wie immer, in sein französisches Buch vertieft.

Als er es weglegte, schrieb er etwas auf den Tisch, und von seinem Platz im Hintergrund des Saales verfolgte Oosterhout seine Schreibtätigkeit mit einem ganz unbeschreiblichen Gesichtsausdruck. Von Zeit zu Zeit bestellte der junge Lebenskünstler mit honigsüßer Stimme einen Absinth, und jedesmal, wenn der Kellner damit herankam, beeilte er sich das auszuwischen, was er auf die Marmorplatte geschrieben hatte. Seine Verwirrung, wenn er dies tat, war viel zu ostentativ, um nicht gespielt zu sein. Plötzlich merkte der Doktor, was es war, was er auslöschte: eine Rechnung, eine Subtraktion, deren Resultat der Betrag war, den Oosterhout sich angeeignet hatte.

„Er wäre kein übler Inquisitor geworden," murmelte der Doktor in sich hinein. „Aber —"

Nach seinem dritten Absinth ging Herr Scheltema. Er steckte das gewechselte Kleingeld mit einer flotten Handbewegung ein und einem Ausdruck, der besagte: Unter Gentlemen zählt man derlei nicht nach. Ich weiß, daß ich mich auf Sie verlassen kann, Oosterhout, und Sie wissen, daß ich es weiß. Er sagte dem Kellner in derselben flotten Weise Adieu und ging.

„Knabenstreiche!" dachte der Doktor. „Dumme Knabenstreiche! Und der Kellner hat ihm ja faktisch sein Geld gestohlen. Aber — — —" er unterbrach seinen Gedankengang, denn sein Blick war gerade auf Oosterhouts Unterkiefer gefallen. Der machte krampfhafte Kaubewegungen, während der Mann am Fenster stand und dem verschwindenden Gast nachsah. Die Adern an seinem Stierhals schwollen, und die Muskeln seiner Ringerarme arbeiteten. — Der Doktor blieb, in eigentümliche Gedanken vertieft, sitzen, bis die Uhr acht schlug und der asthmatische Besitzer der Bodega, Mynheer Beeldemaker, wie gewöhnlich herankam und mitteilte, daß man sperren wollte. Der Doktor reichte eine Banknote hin, auf die der Kellner herausgab.

„Sehen Sie her, Oosterhout," protestierte der Doktor sanftmütig, „da fehlen fünf Gulden!"

„Gibt er schon wieder falsch heraus?" mischte sich der Wirt keuchend hinein. „Pflegt er das zu tun, Herr Doktor?"

Oosterhouts Unterkiefer hörte auf zu kauen. Sein Gesicht war plötzlich zu einer Maske erstarrt.

„Das — das will ich nicht hoffen," murmelte er. „Aber," er wies mit einer Geste auf die Augengläser, „aber wenn man kurzsichtig ist."

Pang!

Kaum hatte er das Wort gesagt, als der ungefaßte Zwicker in tausend Scherben auf dem Boden lag. „Neun Dioptrien! Jetzt bin ich bis morgen blind!"

„Haben Sie kein Reserveglas?" fragte Dr. Zimmertür teilnahmsvoll.

„Nein, Herr Doktor, weder hier noch zu Hause! Mit neun Dioptrien ist man ohne Augengläser blind wie eine Eule, das werden Herr Doktor wissen. Herr — Herr Scheltema sagte es selbst dieser Tage: blind wie eine Eule!"

„Man sollte nie Leute nehmen, die Augengläser tragen," keuchte der dicke Wirt erbittert. „Das ist das drittemal, daß Ihnen das passiert, Oosterhout, und nie denken Sie daran, sich ein Ersatzglas anzuschaffen. Geben Sie jetzt dem Herrn Doktor heraus, und sehen Sie, daß es in Ordnung ist!"

Noch in der Tür hörte der Doktor Oosterhout murmeln: „Bis morgen blind wie eine Eule."

Er begann die Keizergracht entlang zu gehen, bog in die Vijzelstraat ein und kam zu dem alten Münzturm, dessen Glockenspiel eine Hymne an die Frühlingsnacht sang. Erst da durchblitzte ihn ein Gedanke, und er blieb plötzlich stehen.

Sollte das die Absicht sein? Unmöglich! Warum? Unzureichendes Motiv? — hm — und wenn es die Absicht war — welches Alibi, welches Alibi!

Er dachte nicht weiter. Er kreuzte ohne zu zaudern die Kalverstraat und kam durch eine Quergasse zu Rokin hinunter. Er wußte aus persönlicher Erfahrung, daß der junge Lebenskünstler dort zu Mittag zu essen pflegte — in Saurs Fischrestaurant.

3

Er fand ihn bei den Resten eines Hummers und einer Flasche Mosel. Er sah den kleinen korpulenten Gelehrten zuerst gleichgültig und dann amüsiert an, als er an seinen Tisch kam.

„Darf ich mich vorstellen? Mein Name ist Doktor Zimmertür."

Der junge Scheltema beschrieb mit dem Arm eine magnifique Geste.

„Vorstellen! Aber, lieber Doktor, Ihr Name ist doch nur zu wohlbekannt! Es freut mich, Sie zu sehen, aber es überrascht mich nicht. Ich hatte schon Gelegenheit zu bemerken, daß Sie sich sehr für meine Person interessieren! Setzen Sie sich! Setzen Sie sich!"

Der Doktor blinzelte. Er wußte nicht, daß er seiner Neugierde in der Bodega so freien Lauf gelassen hatte.

„Wenn Sie sagen ‚wohlbekannt‘," erwiderte er und setzte sich, „meinen Sie sicherlich das Gegenteil, Herr Scheltema. Ich glaube, Ihre Ansicht über meine Wissenschaft zu kennen — wenn Sie sie überhaupt für eine Wissenschaft ansehen."

„Und ist sie das?" Der junge Scheltema lächelte sein diskretestes Lächeln. „Kann man wirklich die Seele analysieren, wie man eine chemische Verbindung analysiert? Geben Sie mir die Formel für Liebe, Herr Doktor."

„Ein Atom Haß und zwei Atome Lust wäre sicherlich eine Formel, die für ihn dort gepaßt hätte," erwiderte der Doktor mit einem Blick auf *Les Fleurs du Mal*. Aber ich komme nicht als Theoretiker zu Ihnen, Herr Scheltema, ich komme zu Ihnen als praktischer Beobachter. Ich hörte Sie dieser Tage bestreiten, daß ein Theoretiker eigene Beobachtungen machen könne. Ich möchte Sie gern vom Gegenteil überzeugen."

„Welche Beobachtungen haben Sie gemacht?" fragte der junge Mann mit honigsüßer Stimme. „Gehen sie mich an?"

„Sie gehen Sie an," sagte der Doktor trocken. „Wenn ich mich nicht täusche, gehen sie Ihr Leben an."

Der junge Scheltema stellte das Glas nieder.

„Mein Leben?" wiederholte er verständnislos.

Der Doktor nickte.

„Leben oder Tod für Sie, ja."

„Was ist das für ein Unsinn?" rief sein Gegenüber. „Sollte es jemanden geben, der mir nach dem Leben trachtet? Wer sollte das sein? Und weshalb?" Der Doktor zögerte mit der Antwort.

„Es liegt kein Grund vor, Namen zu nennen. Wenn Sie versprechen, mir zu gehorchen, werden Sie noch früh genug alles erfahren."

„Und wenn ich Ihnen nicht gehorche?" fragte der junge Mann mit seiner vernichtendsten Ironie. „Was dann?"

Der Doktor erhob sich.

„Dann überlasse ich Sie Ihrem Wein und Ihrem Lieblingsdichter," sagte er und beugte sich ein wenig vor. „Bevor Sie aufbrechen, könnten Sie mit Nutzen eines seiner berühmtesten Gedichte noch einmal lesen."

„Sie kennen auch Poesie? Welches Gedicht?" „Ich kann es sogar auswendig."

Der Doktor schloß die Augen halb und sprach mit jener krächzenden Stimme, die er immer hatte, wenn er hochgestimmt wurde:

„O Mort, viuex Capitaine, i lest temps! Levons l'ancre!
Ce pays nous ennuie, o Mort! Appereillons!
Si le ciel et la mer sont noirs comme de l'encre!
Nos cœurs, que tu connais, sont remplis de rayons!
Verse-nous ton poison pour qu'il nous réconforte!
Nous voulons, tant ce feu nous brûle le cerveau,
Plonger au fond du gouffre, Enfer ou Ciel, qu'importe?
Au fond de L'inconnu pour trouver du nouveau!"

Tod, alter Fährmann, komm die Anker lichten!
Segel gehisst! — Wir sind der Erde satt.
Wenn schwarz auch Meer und Himmel sich verdichten,
Du weisst, daß unsre Seele Strahlen hat.
Reich uns dein Gift, daß Tröstung wir erfahren!
Noch brennt das Feuer — lass zum tiefsten Schlund,
Lass uns zu Himmel oder Hölle fahren!
Nur Neues zeig uns, Tod, im fremden Grund!

Er sah so unbeschreiblich komisch aus, daß der junge Scheltema in ein schallendes Gelächter ausbrach.

In der nächsten Minute war Dr. Zimmertür die Treppe hinunter verschwunden.

4

Die Straße war leer; der Kanal lag schwarz unter einem sternenlosen Himmel. Wo das Licht einer Bogenlampe auf sie fiel, standen die frischbelaubten Bäume wie Filigranarbeit gegen die Luft. Irgendwo auf der Schattenseite wurde eine Tür mit unendlicher Vorsicht geöffnet, und man hörte jemanden auf den Zehenspitzen an den Häuserreihen entlang eilen. Bei der ersten Quergasse wurde er aufgehalten. Aus dem schwarzen Gäßchen kam ein Mann so heftig auf ihn zugetaumelt, daß sie beide fast auf die Straße gefallen wären. Sie erlangten die Balance wieder und starrten sich mit wütenden Blicken an.

„Sie sind ja betrunken!"

„Haben Sie keine Augen im Kopf?"

Dann dämmerte bei beiden gleichzeitig das Wiedererkennen auf.

„Herr Dok— Herr Doktor! Das hätte ich nicht — das konnte ich nicht —"

Der andere brach in ein herzliches, aber glucksendes Gelächter aus.

Wat drommels! Das ist ja Oosterhout. Gehen Sie auch drah'n, Oosterhout?"

Der Kellner griff nach dem Hut.

„Herr Doktor entschuldigen — es war meine Schuld. Blind wie eine Eule — auch bei Nacht! Muß jetzt nach Hause — gute Nacht, Herr Doktor!"

Der Gelehrte ließ ein dröhnendes Gelächter hören:

„Gute Nacht? Ausgeschlossen! Sagt man in dieser Weise Adieu, wenn man einen Freund trifft?"

„Nein, gewiß nicht, Herr Doktor, aber es ist schon spät und —"

„Oosterhout," murmelte der Doktor mit schmerzbewegter Stimme, „Sie sind nicht mein Freund. Das habe ich ja gewußt — das habe ich —"

„Doch, gewiß, gewiß, Herr Doktor, aber —"

„Oosterhout!" gröhlte der Doktor plötzlich mit voller Lungenkraft, „wenn Sie davon reden, nach Hause zu gehen, rufe ich die Polizei! Sie müssen ein Glas mit mir trinken. Sonst — Polizei! Polizei!"

„Sch — sch — Herr Doktor! Ich komme mit! Ich komme mit!"

Der Doktor verstummte, fuchtelte mit dem Stock wild um seinen Kopf herum, steckte den Arm unter den des Kellners und taumelte im Zickzack die Seitengasse hinauf.

„Sie sind ein P—Prachtkerl, Oosterhout," lallte er, „immer willig, können keinem Wurm was zu Leide tun — hier ist offen, hier gehen wir hinein!"

Er torkelte mit dem Kellner unter dem Arm hinein. Oosterhout, der sehr bleich war, lächelte den anderen Gästen gezwungen zu. Das Café war durch Vorhänge in Kabinen geteilt — ein typisches, bescheideneres Nachtcafé. In einer Ecke stand ein grünes Billard.

„Zwei Whisky mit Soda!" rief der Doktor. „Ans Billard! Wir wollen spielen, Oosterhout!"

Er stieß mit einem Queue wild in die Luft. Der Kellner nahm seinen Mut zusammen und protestierte.

„Herr Doktor werden schon entschuldigen, aber ich kann heute abend nicht spielen — ich habe ja keine Augengläser, Herr Doktor, bitte, ich habe doch neun Dioptrien, und ich habe ja gestern meine Augengläser zerschlagen. Herr Doktor haben es ja selbst gesehen!"

Der Gelehrte schlug ihn auf den Rücken, so daß es dröhnte.

„Das haben Sie, Oosterhout, aber das macht nichts! Ich bin aus gewesen und habe Ihnen Augengläser gekauft!"

Der Kellner prallte einen Schritt zurück.

„Herr Doktor haben —"

„Kleines Cadeau für Sie, Oosterhout, kleine Freundesgabe! Habe sie heute abend besorgt und wollte sie Ihnen morgen geben. Neun Dioptrien, Ihre Nummer. Brillen, besser als Ihr alter Zwicker — fallen nicht herunter!"

Der Kellner starrte überwältigt seinen Begleiter an. Mit eifrigen, wenn auch etwas unsteten Fingern legte ihm dieser ein Paar große, horngefaßte Gläser an und reichte ihm ein Queue. „Spielen Sie!"

Der Kellner nahm das Queue und beugte sich über das Billard. Das überraschende Präsent des Doktors schien ihn gelähmt zu haben. Denn obgleich er die richtige Anfangs-stellung hatte, fehlte er auf das Jämmerlichste. Als er das nächste Mal drankam, traf er kaum seinen eigenen Ball; das Mal darauf hätte er fast das Billardtuch aufgerissen.

„Ja, was haben Sie denn?" fragte der Doktor.

„Sie pflegten doch auf dem Billard der Bodega wie ein Meister zu spielen."

Oosterhout nahm, in sich hineinmurmelnd, die Augengläser ab, putzte sie und schickte sich an, wieder zu stoßen, als Dr. Zimmertür ihn mit kalter Stimme zurückhielt.

„Oosterhout! Was machen Sie denn?"

„Was ich mache?"

„Sie gucken ja über die Augengläser! Warum tun Sie das?"

„Ich gucke —"

Der Kellner blickte verblüfft seinen Ankläger an, der mit einer eigentümlichen Replik antwortete: aus der Tasche zog er ein Stück Zeitungspapier im Format einer Extraausgabe und hielt es auf Armeslänge dem anderen vor das Gesicht.

„Was steht da, Oosterhout?"

Der Kellner antwortete nicht. Der Doktor tat nun etwas, was man nur als ein letztes Symptom des Rausches erklären konnte; er riß dem Kellner die Augengläser, die er ihm gerade geschenkt hatte, vom Gesicht herunter!

„Können Sie jetzt lesen, was da steht, Oosterhout?"

Quer über dem Papier stand mit fetten Buchstaben:

MORD IN DER KEIZERGRACHT

Und darunter mit etwas kleineren:

DEM TÄTER AUF DER SPUR

Mit einem erstickten Aufheulen sank der Kellner Oosterhout auf einen Stuhl.

5

Das Licht der Billardlampe blinkte in zwei Augengläserlinsen auf dem grünen Tuch auf — dem Präsent des Doktors. Der Doktor ließ den Empfänger der Gabe keine Sekunde mit dem Blick los, als er wieder das Wort ergriff:

„Haben Sie es der elenden zehn Gulden wegen getan, Oosterhout?"

Der Kellner antwortete nicht. Es arbeitete vulkanisch in seinem mächtigen Körper.

„Es war nicht das Geld, es war sein Lächeln, nicht wahr?"

Die Augen des Kellners flammten auf.

„Sein — sein verdammtes höhnisches Grinsen!"

„Wie alt sind Sie, Oosterhout? Sechzig?"

Die Zunge des Kellners bewegte sich wie auf rostigen Angeln:

„Vierundsechzig! Und Kellner. Und froh, noch Kellner zu sein. Und gezwungen, immer zu laufen.

Und gezwungen, Bücklinge zu machen. Und gezwungen, sich das verdammte höhnische Grinsen der Leute gefallen zu lassen —"

„Heute abend beschlossen Sie es zu tun! Ich las den Entschluß in Ihrem Gesicht, obgleich ich zuerst nicht recht verstand, was ich da las. Aber sagen Sie mir eine andere Sache. Oosterhout? Wann kam Ihnen die Idee zu Ihrem Alibi?"

Die Pupillen des Kellners blinkten schwarz. Es war wie das Blinken aus einem Brunnen.

„Auch heute abend?"

Der Kellner schwieg mit zusammengepreßten Lippen.

„Lassen Sie uns eins zum anderen legen und uns dann das Resultat ansehen! Sie sind vierundsechzig. Da ist es schon mehrere Jahre her — sagen wir fünf, sechs, daß Sie die Veränderung hier oben bemerkten!"

Der Doktor machte eine Geste nach der Stirne. Der Kellner fuhr auf.

„Sie — Sie sind ein Satan! Ich werde — ich werde —"

„Ja, was denn? Ist es mit einem Mord am Abend nicht genug? Ich sollte doch meinen, ich sollte doch meinen! Vor fünf, sechs Jahren bemerkten Sie also, daß Ihre Kurzsichtigkeit zu verschwinden begann. Das ist ein Phänomen, das sich bei den meisten älteren Leuten einstellt: die früher normal gesehen haben, werden weitsichtig, und die kurzsichtig waren, bekommen die normale Sehweite. Aber anstatt das zu sagen und Ihre Brille abzulegen, schwiegen Sie darüber und trugen Ihre Brille als Schutz. Niemand kann einen Mann, blind wie eine Eule, wegen irgendeines Vorfalls verdächtigen, wenn seine Augengläser entzwei sind. Nicht wahr? Und darum konnte niemand verstehen, wie es mit jenen Waren zusammenhing, die zur Nachtzeit aus der Bodega verschwanden."

Oosterhout, der mit brennenden Augen zugehört hatte, stieß plötzlich ein Geheul aus — ein Geheul, bei dem alle zweifelhaft nüchternen Gäste des Lokals entsetzt in die Höhe fuhren. Der junge Scheltema war von der Straße hereingekommen, ebenso adrett und elegant wie nur je. Oosterhout erhob einen zitternden Finger gegen ihn und keuchte:

„Er! Das ist er! Aber — aber —"

Ohne ihn zu beachten, wandte sich der Doktor an den jungen Lebemann und fragte kurz:

„Auf welche Weise?"

„Gas! Ich sage Ihnen, er bewegte sich in der Dunkelheit wie eine Katze. Er sah nach dem Bett, in das ich meinen Doppelgänger aus Kissen gelegt hatte, konstatierte, daß ich dalag, sah nach, ob die Fenster verschlossen waren, öffnete dann den Gashahn und verschwand. Das Ganze dauerte keine drei Minuten. Er stolperte über keinen Stuhl, und er machte auch nicht das leiseste Geräusch. Sie sind unglaublich, Doktor! Ich danke meinem Schöpfer, daß ich Ihnen nachgelaufen bin, und ich nehme jedes Wort zurück, das ich sagte! Wann finden Ihre Vorlesungen statt? Ich komme noch morgigen Tages hin."

Dr. Zimmertürs Vollmondgesicht strahlte vor Genugtuung über das Lob.

„Ich halte keine öffentlichen Vorlesungen," krächzte er, „nur private. Lassen Sie uns morgen in der Bodega beginnen. Oosterhout! Wickeln Sie die Augengläser, die ich Ihnen gab, in diese Zeitungskorrektur, und gehen Sie damit zu meinem Freund Ipenbuur vom *Telegraaf*. Er hat sie mir geliehen, und er hat auch das Extrablatt für mich setzen lassen. Seien Sie ganz ruhig, er ist ein ungewöhnlicher Zeitungsmensch, er hält den Mund! Die beste Strafe ist die, die die erziehlichste ist. Darum können Sie weiter in der Bodega bleiben. Und jetzt gute Nacht, Oosterhout, schlafen Sie wohl!"

Der Kellner saß mit hängendem Unterkiefer da.

Der Doktor wandte sich um und fügte freundlich hinzu:

„Ja, richtig — vergessen Sie auch nicht, sich einen neuen Zwicker aus Fensterglas anzuschaffen! Sonst könnte es vielleicht geschehen, daß Beeldemaker dies in Zusammenhang mit jenen anderen Glaswaren bringt, die aus der Bodega verschwunden sind."

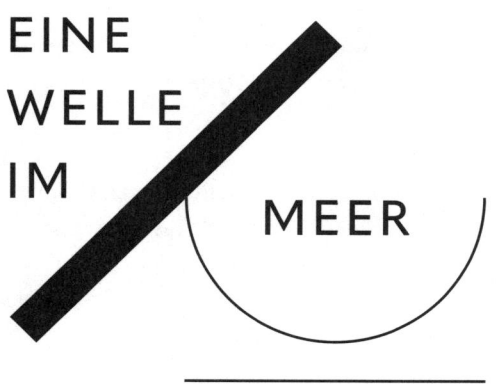

EINE WELLE IM MEER

Die Frühlingsnacht lag wie ein feiner, grüner Schleier über Amsterdam. Die frischbelaubten Bäume der Kanäle hatten dieselbe Farbe wie das Wasser, das sie spiegelte; der Himmel, der die mattweißen Sterne trug, war feucht lagunengrün. Kein Schritt erklang, kein Ruderschlag war zu hören. Die Kanäle schliefen, die Bäume vor den Giebelhäusern standen traumstill, nur die Kreise der Bogenlampen in ihren feinen Laubwolken zeigten, daß dies eine lebende Stadt war. Wenn Prinzessin Dornröschen im königlichen Palais der Stadt regiert und gerade ihren weißen Zeigefinger an einer Spindel aus Brabant gestochen hätte, die Stille hätte nicht tiefer sein können.

So dachte ein einsamer Mann, der auf einer der gebogenen Brücken am Oudezijds Achterburgwal stand und ebenfalls zu schlummern schien. In langen Atemzügen sog er die Luft der grünen Frühlingsnacht ein — ein Destillat von Düften, ebenso schwer und berauschend wie einer der grünen Liköre des Landes. Und als er eben noch so dachte, wurde die kristallklare Stille plötzlich durch einen Laut zerrissen. Irgendwo in der Nähe, keine hundert Meter weit weg, knallte ein Schuß. Pang, gab das Echo zwischen den schlummernden Häusern zurück; pang, pang, floß es in unsichtbaren Kreisen zwischen den Mauern der Kanäle dahin, über das schlummernde Wasser, bis es in einem Hauch erstarb, der die zarten Laubkronen kräuselte. Ein Schuß! Ein Revolverschuß! Einige Augenblicke herrschte Schweigen; dann hörte man noch einen undeutlichen Laut — war es eine Türe, die ins Schloß fiel? Waren es fliehende Schritte? Der Mann an der Brücke raffte sich auf. Wer war das, der in diese träumende Frühlingsnacht hineinschoß?

Er mußte nachsehen, er mußte handeln. Er ließ das Geländer der Kanalbrücke los und eilte dem Gäßchen zu, von dem der Laut zu kommen schien.

Aber wie er auch suchte, er fand nichts. Die Gäßchen, die sich zum Achterburgwal hinunterschlängelten, schlummerten friedlich, der Schuß, der ihr Echo geweckt hatte, hatte nichts anderes geweckt. Er durchstreifte eins nach dem anderen, aber alle waren verödet. Hatte er geträumt? Er gab die Suche auf und trat aus dem Labyrinth der Gäßchen wieder auf den Achterburgwal.

Dicht vor ihm lag, zusammengesunken, auf der Vortreppe eines der Giebelhäuser ein Mann, und nach allem zu schließen, war er tot.

Er fuhr sich über die Stirne.

Das Haus lag gerade gegenüber der Brücke, auf der er vor einigen Minuten gestanden hatte. Es hatte damals geschlafen, und es schlief jetzt. Woher der Schuß auch gekommen war, eins konnte er beschwören — nicht von dort. Aber wer war der Mann, der da lag, und lebte er, oder war er tot?

Er lebte.

Als der andere die Hand auf dessen Herz legte, fühlte er es deutlich schlagen. Überdies drang ein schweres Röcheln aus seinem Halse. Aber warum lag er da? Eine rasche Untersuchung genügte, um es zu zeigen. Die Schläfe entlang lief eine lange Wunde, wie eine Furche durch rote Erde gezogen. Das Haar war blutverklebt, und Blut war über das rechte Auge geflossen, so daß das ganze Auge wie eine blutende Wunde aussah. Aber die Wunde an der Schläfe war die einzige Spur äußerer Gewalt. Der andere konstatierte es und wollte sich gerade erheben, um Hilfe herbeizurufen, als eine schwere Hand auf seine Schulter niederfiel:

„Sie hätten ihn ein bißchen flinker plündern müssen, mein guter Mann. Sie sind verhaftet!"

Ein Polizist hatte sich gerade im richtigen Augenblick gezeigt. Ohne die Erklärungen anzuhören, die man ihm gab, führte er die Signalpfeife an den Mund und ließ sie ertönen.

„Sparen Sie Ihre Worte! Sie werden bald Verwendung dafür haben! Aha! Da sind Sie, Kerkinck! Schaffen Sie rasch eine Ambulanz herbei, während ich diesen sauberen Patron im Auge behalte. Aber nur geschwind."

Es dauerte eine Viertelstunde, bis der Konstabler Kerkinck mit der Ambulanz kam. Aber es dauerte ein paar Stunden, bis es dem Mann vom Achterburgwal gelang, den wachthabenden Polizeioffizier zu überzeugen, daß er Dr. Josef Zimmertür war, praktizierender Psychoanalytiker, Heerengracht 124, und keinerlei Anteil an dem Verbrechen am Achterburgwal hatte.

Was dieses betraf, war es, als er das Polizeikommissariat am Alten Weg verließ, ebenso unerklärlich, wie er da hingekommen war. Das Opfer lag noch immer in betäubtem Zustand da, unfähig, eine Aufklärung zu geben, oder auch nur eine Silbe zu antworten. Eines war sicher: hier lag ein Attentat vor. Hätte der Mann sich selbst erschossen, so müßte man die Waffe in seiner Nähe gefunden haben. Aber die Polizei, die sich so allmählich entschlossen hatte, Dr. Zimmertürs Erzählung Glauben zu schenken, hatte die ganze Umgegend, sowohl den Oudezijds Vorburg- als auch den Achterburgwal, absuchen lassen, ohne von der Waffe oder dem Verbrecher eine Spur zu finden. Was das Motiv der Tat betraf, konnte es nicht Raub gewesen sein, denn der Mann war im Besitz von etlichem Bargeld. Hingegen besaß er keine Papiere und auch sonst keinen Gegenstand, die andeuteten, wer er war.

Es blieb nichts anderes übrig, als seine eigene Aussage abzuwarten. Und diese würde wohl nicht lange auf sich warten lassen, denn die Wunde an der Stirne war durchaus nicht lebensgefährlich.

2

Aber als der Doktor am nächsten Tage auf das Polizeikommissariat kam, fand er die Situation unverändert, oder vielleicht sogar noch verschlimmert. Der Mann mit der Schußwunde war auf. Er war zur vollen Besinnung gekommen. Aber er schwieg. Er war nicht taub, denn der Laut eines Glockensignals ließ ihn aufschrecken, aber welche Fragen man auch an ihn richtete, er antwortete mit keiner einzigen Silbe. Der Polizist sprach holländisch, deutsch, englisch und französisch; er sprach überredend, und er sprach energisch, aber das Resultat war dasselbe. Der Mann schwieg.

„Glauben Sie, daß er stumm ist?" fragte der Polizeikommissar.

„Nein."

„Was denn? Ist seine Seele bei Gott, wie die Indianer sagen?"

„Der Mann ist nicht schwachsinnig," sagte der Doktor, der das Opfer der Ereignisse der Nacht inzwischen genauer gemustert hatte. „Sehen Sie sich seine Schädelform an, und betrachten Sie seine Hände! Er hat ja eine Stirne wie Heinrich Heine! Und seine Hände sind nicht die Greifwerkzeuge eines Schwachsinnigen. Die sind an Arbeit gewöhnt, das sieht man an den Linien. Was für eine Arbeit? Ja, wer das wüßte!"

„Nun, aber warum antwortet er nicht, wenn er weder stumm noch schwachsinnig ist?" fragte der Kommissar ungeduldig.

„Ganz einfach, weil er von Aphasie befallen ist," antwortete der Doktor, „er hat die Sprache vergessen."

Der Kommissar riß die Augen auf.

„Kann man die Sprache vergessen?"

„Das kann man! Ich habe einen Menschen getroffen, der nur eine Streifwunde von einer Flasche an der Schläfe bekommen hatte; aber er hatte eine so komplette Aphasie, daß es Jahre dauerte, bis er wieder sprechen lernte. Aber nicht genug damit — er lernte seine Muttersprache überhaupt nie anders sprechen wie ein Ausländer."

Der Kommissar stieß einen Pfiff aus.

„Und er war Ausländer," fuhr der Doktor mit einem fernen Blick fort, „er war Ausländer, wie wir alle Ausländer sind, verbannt in die Materie und den Körper. Wenn wir als Kinder dorthin verbannt werden, lernen wir rasch die Sitten des fremden Landes, wir lernen als Virtuosen auf jenem Instrument spielen, das unser Hirn ist, wir werden eins mit dem Instrument — ja zuweilen glauben wir, daß das Instrument und wir ein und dasselbe sind. Wir akklimatisieren uns in der Verbannung. Aber wenn wir mit Gewalt dem Exil entrissen werden — dann kann es lange dauern, bis wir uns wieder daran gewöhnen."

Der dicke, blonde Kommissar starrte verdutzt den schwarzbärtigen kleinen Doktor an, dessen Augen mit einer in sich gekehrten Glut brannten.

„Wie lange, glauben Sie, wird die Rekonvaleszenz dauern?"

„Rekonvaleszenz? Ja gewiß, so heißt es ja. Wer kann das wissen? Vierzehn Tage, einen Monat..."

„Drommels! Was soll ich denn so lange mit dem Menschen anfangen?"

„Sie müssen Nachforschungen anstellen," sagte der Doktor, „unterdessen kann ich den Patienten bei mir beherbergen. Sie begreifen, es interessiert mich als Mann der Wissenschaft zu sehen, wie eine Seele es von Anfang an lernt, auf ihrer Klaviatur zu spielen."

„Hm, ja, natürlich," gab der Kommissar zu. „Aber" — er starrte den Doktor bärbeißig an und sah aus wie ein mißtrauischer Edamer Käse — „keine Kunststücke, hören Sie!"

„Was meinen Sie, Herr Kommissar?"

„Keine Vivisektion an ihm! Von so etwas will ich nichts hören."

„Seien Sie beruhigt," sagte der Doktor mit einem Lächeln, das er vergeblich zu unterdrücken suchte. „Ich viviseziere keine Körper — möglicherweise" — fügte er in sich hineinmurmelnd hinzu — „Seelen."

ω

Dr. Zimmertürs Gast erwies sich als ein sehr stiller Geselle. Er nahm das Essen zu sich, das man ihm vorsetzte, er trank, was man ihm gab, er stand auf und ging zu Bett, wann man es verlangte. Er sprach keine Wünsche aus und erhob keine Proteste, er beanspruchte keine Unterhaltung und machte keine Szenen. Er war mit einem Wort ein idealer Pensionär. Aber einen Schlüssel zu seinem eigenen Rätsel gab er nicht.

Vergeblich suchte der Doktor seine Aufmerksamkeit auf die Welt zu lenken, der er angehörte und doch wieder nicht angehörte. Er reagierte, aber wie ein Automat. Es fehlte ihm jede Neugierde, geradeso wie ihm das Gedächtnis fehlte. Als der Doktor schließlich seine Geige nahm und ihm vorspielte, schlief er ein. Mit einer Grimasse über diese Doppelkritik seiner selbst als Gelehrter und Musiker legte der Doktor die Geige wieder weg. Wo war der Punkt, von dem aus er in dieses versperrte Innere eindringen konnte?

Das Attentat am Achterburgwal war nicht nur geheimnisvoll; vom Verbrecherstandpunkt gesehen war es so ziemlich sinnlos. Das Opfer hatte ja sowohl sein Leben als auch sein Geld behalten, obgleich eine Handbewegung genügt hätte, um ihm beides zu rauben! Ließ sich das anders erklären, als daß es geschehen war, um einen lästigen Zeugen aus dem Wege zu räumen? Einen Zeugen wovon? Der Doktor, selbst beinahe Zeuge des Attentates, brannte vor Begierde es zu erfahren.

Schon am zweiten Tage nach dem Einzug des Unbekannten ereignete sich etwas, das möglicherweise ein Leitfaden durch die Geheimnisse war, aber sie auf den ersten Blick nur noch zu vermehren schien. Es war am Nachmittag. Der Patient hielt sich im Ordinationszimmer des Doktors auf, in dem sich keine Besucher befanden. Als der Doktor ihn auf einen Stuhl setzte, blieb er still sitzen. Als der Doktor ihn zu den Bücherregalen führte, musterte er sie verständnislos. Als der Doktor ihm Zeichnungen und Bilder zeigte, sah er daran vorbei. Schließlich führte der Hausherr seinen Gast zum Schreibtisch, auf dem Papiere und Stifte lagen, und placierte ihn auf den Schreibtischsessel. Ein Weilchen saß er still wie auf einem Operationsstuhl. Dann ergriff er einen Bleistift und begann damit zu spielen. Der Doktor erzitterte. Würde seine Hand dem Ausdruck geben, wofür seiner Zunge der Ausdruck fehlte? Plötzlich begann der Stift sich über den hingelegten Bogen Papier hin und her zu bewegen, dann fiel er dem Patienten aus der Hand; sein Blick verließ das Papier, glitt über die verschiedenen Gegenstände des Tisches und schien an einem sogenannten Ewigkeitskalender hängen zu bleiben — einem jener Dinger, die mit Hilfe einer Anzahl Pappdeckelscheiben Wochentag und Datum markieren. In Kenntnis seiner Zerstreutheit pflegte ihn der Doktor nach jeder Ordination auf den nächsten Tag umzustellen. Der Anblick dieses Dinges — wenn es nun das war, was der Doktor von dem Platze, wo er stand, nicht entscheiden konnte — schien dem Unbekannten einen ebenso plötzlichen wie sinnlosen Schrecken einzuflößen. Er fuhr aus dem Stuhl mit einem Geheul in die Höhe, das wirklich etwas von dem Klang des Wahnsinns hatte, und wie von einem Verfolger gejagt, stürzte er auf die Türe zu. Plötzlich machte er halt. War der Verfolger nur ein verfolgender Gedanke, und hatte er schon den schwachen Griff um das Hirn des Kranken gelöst? Wer konnte es sagen? Plötzlich sank er auf einen Sessel, gähnte zwei- oder dreimal und schlief ein.

Auf den Zehen schlich sich Dr. Zimmertür zu dem Schreibtisch. Was würde er zu sehen bekommen? Ein Geständnis? Eine Zeugenaussage? Was er sah, war dies: eine Anzahl Wellenlinien, wie Kinder sie zu zeichnen pflegen, quer über das Papier und darüber ein Kreis, hierauf einige ruhigere Linien, und in der Ecke, wo sie aufhörten, ein sonderbarer Schnörkel. So:

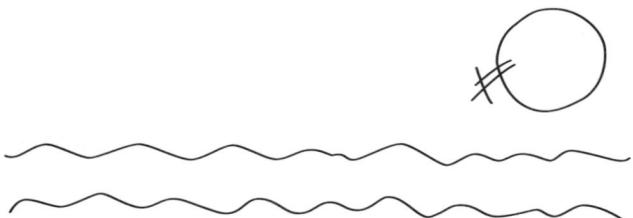

Und darunter:

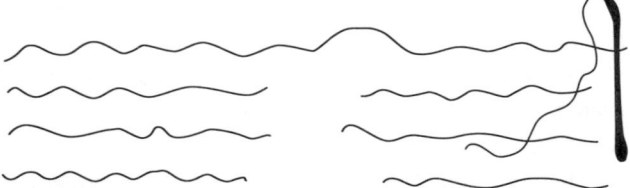

Das war alles. Ein sinnloses Gekritzel, das Dr. Zimmertür ebenso aufmerksam studierte, als wenn es ein Autogramm von Shakespeare oder Napoleon gewesen wäre.

Bedeutete es etwas?

Natürlich bedeutete es etwas. Der eine oder andere Gedanke war hinter der Stirne des Patienten aufgetaucht, und seine Hand hatte ausgedrückt, was der Mund nicht ausdrücken konnte. Soviel stand fest. Aber gab die Zeichnung die Möglichkeit, in die versperrte Burg einzudringen? Ließ sie etwas von dem Manne selbst und seiner Vergangenheit ahnen?

Welche Aufschlüsse konnte eine Serie grober Wellenlinien über das Leben oder das Seelenleben eines Mannes geben? Sollte man aus ihnen schließen, daß er etwas mit dem Meere zu tun hatte, daß er Seemann oder Vergnügungssegler war? Er sah weder so noch so aus. War die Zeichnung von einem Künstler hingeworfen worden, dessen Hand mechanisch ein altes Motiv wiederholte? Dazu war sie zu unbeholfen — auch wenn man die Nonchalance der modernen Künstler in Betracht zog. Nein — die Zeichnung war sicherlich nur ein sichtbarer Niederschlag des einen oder anderen Gedankens, der in der Seele des Unbekannten geboren worden war und sie vielleicht beherrschte. Aber wie sollte ein Außenstehender daraus auf die Art dieses Gedankens schließen können? Darüber grübelte Dr. Zimmertür Stunde um Stunde; und wie immer, wenn er scharf dachte, grimassierte er heftig und machte viele Gesten gegen den Plafond und die Wände. Seine Gedanken schwebten über den nachlässig hingeworfenen Wellenlinien hin und her, gleich den Vögeln, die einer seiner Stammväter aus einem erdpechverkitteten Fahrzeug über regengeschwollene Meere aussandte. Gleich diesen Vögeln durchstreiften seine Gedanken die Räume, ohne einen Halt zu finden, und gleich ihnen kehrten sie so allmählich mit leeren Händen zurück.

Als die Uhr neun schlug, brachte der Doktor seinen stets fügsamen Patienten zu Bett. Er selbst ließ sich gleich dem oben erwähnten Stammvater bei einer Flasche gutem Wein nieder. Für regelmäßige Arbeit wirkte der Wein auflösend; wenn es galt, den Gedanken freies Spiel zu lassen, lösend. Aber an diesem Abend war der Wein nicht genug. Vergebens trank er Glas um Glas; kein Einfall stieg aus dem vereinten Strom des Weines und seiner Gedanken auf. Schließlich erhob er sich mit einem Gähnen, nahm aufs Geratewohl ein Buch von seinen Regalen, ging zu Bett und schlief ein, bevor er auch nur das Titelblatt gelesen hatte.

Er erwachte mit einem Ruck im Halbdunkel. Unter der stets brennenden Lampe lag das Buch, das er mit hereingenommen hatte. Er gähnte, griff danach, warf einen flüchtigen Blick auf den Umschlag und wunderte sich über seine Wahl einer Nachtlektüre: eine Anthologie berühmter Gedichte, Originale und Übersetzungen! Beinahe ohne es zu wissen, schlug er das Buch auf und las vier Zeilen — vier berühmte Zeilen, die von noch einem anderen seiner Stammverwandten handelten:

Spinoza lächelte im Traum, als er
Die Seele Mietjes, eine kleine Welle
Versinken sah ins sonnenblanke Meer
— Gott heißt das Meer, der Wellen Ziel und Quelle.

Wie gut er sich daran erinnerte, an dieses Gedicht von dem kleinen toten Mädchen, das die Mutter verklärt und persönlich sieht, während der Pantheist Spinoza sie im Sein des Alls versunken sieht wie eine müde Welle! Es war aus einer kleinen Sprache übersetzt, aber in allen Sprachen bekannt. Es gehörte seiner eigenen Auswahl von Gedichten an, nicht nur der der Anthologien. Aber —

Wie kam es, daß dieses Gedicht ihm gerade jetzt in die Hände gefallen war?

Er setzte sich im Bett auf und sah mit spasmodisch zuckendem Gesicht vor sich hin. Wenn seine bewußte Gedankenarbeit am vorigen Abend fruchtlos gewesen war, so hatten wohl seine unterbewußten Gedanken um so besser gearbeitet. Es war ihnen damals nicht gelungen, das Resultat ihrer Arbeit zutage zu fördern, aber dafür sah es aus, als hätten sie seine Schritte gelenkt, als er zum Bücherregal ging und seine Hände geführt, als sie nach einer Nachtlektüre tasteten.

Denn was hatte er hier, wenn nicht einen Text zu der Zeichnung des Unbekannten?

… eine kleine Welle Versinken sah ins sonnenblanke Meer …

Was stellte die Zeichnung vor, wenn nicht dies?

Ein Text! Lächerlich! Welcher denkbare Zusammenhang konnte zwischen vier Zeilen eines berühmten Gedichtes und einer verwischten Zeichnung bestehen, die ein Geistesgestörter hingekritzelt hatte?

Oh doch — ein Zusammenhang ließ sich denken. Aber brachte ihn das auch nur um einen einzigen Schritt näher in die abgesperrte Burg? Wenn sein Patient das betreffende Gedicht kannte, wenn es die unterbewußten Gedanken erfüllte, die seine Hand führten, was weiter? Das bewies höchstens, daß er Spinoza kannte — aber wer kannte Spinoza nicht, den großen Philosophen, den berühmtesten der Träumer des Ghettos?

Aber!

Er setzte sich noch gerader im Bette auf. Spinoza war nicht nur Philosoph gewesen, er hatte auch einen bürgerlichen Beruf gehabt. Er hatte nicht nur Sehrohre für das innere Auge gebaut, er hatte auch Linsen für das äußere Auge geschliffen! Und — die Gedanken des Doktors machten noch einen jener Sprünge, die zu machen sie sich am Abend geweigert hatten — schon zu Spinozas Zeit war Amsterdam nicht nur wegen seiner Linsenschleifereien berühmt. Es gab andere Schleifereien in der Straße, wo Spinoza gewohnt hatte, und in anderen Straßen, die schon damals berühmt waren —

Was war das für ein Schnörkel, der die Zeichnung abschloß? Stellte er nicht ein Fischgerät vor?

Ein Revolverschuß ohne sichtliches Motiv — das hatte er sich schon gesagt — kann das Motiv haben, einen lästigen Zeugen unschädlich zu machen. Aber — so blitzte es ihm jetzt auf — es muß nicht absolut ein Zeuge einer Tat sein, die schon geschehen ist — es kann auch der Zeuge einer Tat sein, die erst geplant ist. Als der unbekannte Gast seinen Ewigkeitskalender sah, hatte er so etwas wie einen Angstanfall bekommen.

Und welches Datum hatte dieser Kalender gezeigt? Eben den des Tages, der heute anbrach.

Ohne weitere Zeit zu vergeuden, sprang der Doktor mit einem Satz aus dem Bett. Kurz darauf — die Sterne schwammen noch wie weiße Blumenkelche auf dem kanalgrünen Morgenhimmel Amsterdams — stand er in der stets geöffneten Polizeistation am Alten Weg. Derselbe Polizist wie bei seinem ersten Besuch war zugegen.

„Hat er gesprochen?" fragte er mit einem Gähnen.

„Nein. Und Sie haben nichts über seine Identität in Erfahrung gebracht?"

„Noch nicht. Aber das ist natürlich nur eine Frage der Zeit."

Der Doktor nickte zustimmend.

„Das war auch das Gras für die Kuh."

Der Polizist vergaß zu gähnen.

„Wie beliebt?"

„Ich meine nur," sagte der Doktor gelassen, „daß, während das Gras wuchs, die Kuh starb. Wenn ich die Zeichen nicht fehlgedeutet habe, wird es heute losgehen. Und da ist es ja ein wenig spät, wenn Sie nächste Woche seine Identität feststellen, nicht wahr?"

Der Polizist brauchte sich die Augen nicht zu reiben, um sie weit aufzureißen.

„Von was für einem Gras reden Sie da? Und was wird losgehen?"

„Das letztere weiß ich selbst noch nicht," sagte der Doktor mit wild grimassierendem Gesicht. „Aber nun muß ich Sie bitten, mir sofort einen Einführungsbrief für Fischers Diamantenschleiferei zu verschaffen, und wenn sie dort die wahnsinnige Geschichte glauben, die ich ihnen zu erzählen habe — Ihnen würde das nie im Leben einfallen —, so ist es möglich, daß Sie das, was morgen losgehen wird, aus nächster Nähe zu sehen bekommen."

4

Fischers Diamantenschleiferei lag in der Tolstraat in einem neuerbauten Komplex von imponierender Ausdehnung.

Sie war dreihundert Jahre alt und beschäftigte sechshundert Arbeiter. Sie war nicht nur die älteste, sondern auch die größte der Diamantenschleifereien Amsterdams. Sie hatte eine Unzahl berühmter Steine geschliffen, von denen der berühmteste das „Südliche Kreuz" war, in Elands Fontain in Südafrika gefunden und von Morgan für drei Millionen holländische Gulden erworben. Diese Tatsachen standen im Baedeker zu lesen. Aber dem, der sich eine Empfehlung in die Schleiferei verschaffen konnte, wurden sowohl diese als auch die Details der Diamantschleiferei überhaupt von Fischers Sekretär, dem jungen Herrn Brekkel, erklärt.

Herr Brekkel war achtundzwanzig Jahre, blond, blauäugig, überaus elegant und mit einem lebhaften Interesse für die Redekunst. Es gab Tage, an denen er die Schleiferei etwa fünfzig Personen zeigen mußte. Denn Fischer war eine liberale Firma, und ein paar Zeilen vom Konsulat verschafften dem Fremden Zutritt. Dieselben Dinge so vielen Menschen zu zeigen, die dieselben Fragen stellten und dieselben Bemerkungen machten, wäre für einen Mann von Welt unerträglich gewesen, wenn er nicht die Möglichkeit gehabt hätte, sich dabei gleichzeitig ein bißchen zu unterhalten. Und was Herrn Brekkel amüsierte, war, seine eigenen Phrasen zu variieren und die Damen zu studieren, die zu Besuch kamen.

An diesem Morgen erwartete Herr Brekkel einen Besuch, von dem er nicht fürchtete, daß er ihn langweilen würde.

Vor einer Woche hatte er die Bekanntschaft von zwei Ausländern gemacht, einem Ehepaar, von denen er ihn amüsierte und sie ihn blendete. Eine Frau dieses Typus war im Lande der Edamer Käse nicht gewöhnlich. Schlank, dunkel, von schlangenhaft weichem Gang, mit lächelnden samtschwarzen Augen und einem großen, verlockenden Mund sah sie eigentlich wie eine Russin aus, war aber Italienerin. Sie befand sich auf einer Autotour durch Europa mit ihrem Mann, einem korpulenten, gutmütigen Fünfziger, und ganz zufällig war Herr Brekkel ihr Nachbar in einer Loge bei Tuschinsky gewesen. Eine kleine Gefälligkeit, die er ihnen erwies, gab Anlaß zu einigen Floskeln. Sie waren entzückt, einen Mann zu treffen, der ihre Sprache konnte — Herr Brekkel hatte eine Gesellschaftsreise durch ganz Italien mitgemacht —, und als er ihnen nach der Vorstellung auf ihren Wunsch ein italienisches Restaurant in der Leidsche Straat zeigte, wurde ihr Enthusiasmus so heftig, daß sie ihn förmlich zwangen, ihnen Gesellschaft zu leisten. Allerdings war Herr Brekkel nicht schwer zu zwingen. Im Laufe des Soupers stellte man sich vor, und Herr Brekkel, der schon früher eine vielzackige Krone auf einem Zigarettenetui gesehen hatte, erfuhr, daß er in Gesellschaft eines Prinzen und einer Prinzessin Caracciola soupierte. Diese Kunde betäubte ihn nicht, denn er wußte ja, wie manche dieser italienischen Fürstengeschlechter beschaffen sind, aber sie berührte ihn immerhin höchst angenehm. Um seinerseits im bestmöglichsten Lichte dazustehen, sprach er sich über die Diamantenschleiferei so aus, als wäre sie seine eigene, und um sich irgendwie für das Souper zu revanchieren, bat er, sie ihnen zeigen zu dürfen.

Sie machten höfliche Ausflüchte; denn eigentlich sollten sie gleich mit dem Auto weiter. Aber Herr Brekkel, dessen Blicke in denen der Prinzessin ertranken wie ein Fluß im Meer, Herr Brekkel war unermüdlich in seinen Vorschlägen, und schließlich versprachen sie, am nächsten Tage zu kommen. Aber ach — am nächsten Tage war es nur der Prinz, der kam! Herr Brekkel fühlte einen Stich in der Herzgegend, als der rundliche, kleine Italiener allein in das Kontor trat.

Das Kontor, wo Herr Brekkel residierte und die autorisierten Gäste der Firma Fischer empfing, war ein kleiner, viereckiger Raum mit zwei enormen eisernen Kassen. In diesen Kassen wurden die Steine, die noch nicht gespalten und zum Schleifen gegeben waren, in soliden Bleietuis verwahrt. Herr Brekkel war eben an einer dieser Kassen beschäftigt, als der Prinz über die Schwelle trat. Er erhob sich erbleichend. „Wo ist die Prinzessin? Kommt —kommt die Prinzeß —"

Der Prinz reichte ihm gutmütig lächelnd ein kleines Billett mit feiner, spitziger Handschrift und einem flüchtigen, berauschenden Duft von weißen Rosen. Herr Brekkel stürzte sich darauf, wie der Hungrige sich auf das Brot stürzt.

Der Prinz wendete sich, während er es öffnete und las, diskret ab.

Sie war krank! Ein plötzliches Unwohlsein, hier in diesem fremden Lande! Aber sie hatte ihr Versprechen, zu kommen, nicht vergessen, und dieses Billett sollte ihn nur bitten, sich bereitzuhalten. In ein paar Tagen, wenn sie wieder gesund war, würde er von ihr hören. Sie freute sich sehr darauf, all das zu sehen, wovon er ihr erzählt hatte ... Herr Brekkel widerstand seinem Impuls, das Billett zu küssen, solange ihr Mann, der dicke Hanswurst, da war. Aber sowie er sich entfernt hatte, besorgte er dies um so gründlicher ... In einigen Tagen! Der Besuch sollte ihrer würdig sein, das gelobte er sich. Aber warum war man nur Sekretär bei Fischer? Warum war man nicht der Besitzer der Schleiferei? Ein Diamant für Ihre weiße Hand, Prinzessin — Gestatten Sie? — Danke, Herr Brekkel, danke, aber ... — Kein Aber, Prinzessin — Sie machen mir eine Freude, eine Ehre, und was bedeutet ein Diamant für mich? Mir gehört diese Fabrik, sie ist dreihundert Jahre alt, und ich beschäftige sechshundert Arbeiter ...

Vier Tage darauf, vorgestern, kam ein neues Billett. Übermorgen konnte er ihren Besuch erwarten. Herrn Brekkels Träume waren himmelstürmend, und diese zwei Nächte schloß er kaum ein Auge. Heute hatte er den ganzen Morgen damit verbracht, die wohlklingendsten italienischen Phrasen zu wiederholen, und in einem Augenblick — da kamen sie.

Sie kamen, er lächelnd und pausbäckig wie ein fünfzigjähriger Blasengel, sie geschmeidig wie eine Weinranke, die ganze Sonne Italiens in den Augen. War sie wieder ganz hergestellt? Ja, danke, das war sie — sah sie krank aus? Nein, bei allen Heiligen des Kalenders, sie sah so frisch aus wie ein Maimorgen! Wollte er sich wirklich der großen Mühe unterziehen, ihnen die Schleiferei zu zeigen? Sie hatten gehört, man müßte ein Empfehlungsschreiben von dem Gesandten seines Landes mitbringen. Das hatte ihnen ihr Mann besorgt. —

Herr Brekkel winkte beinahe verletzt die Papiere weg.

„Zwischen uns, Prinzessin! Entschuldigen Sie, daß ich es sage, aber auch ich habe meinen Stolz." Der dicke Prinz blies geniert die Wangen auf und steckte die Papiere wieder ein. Die Prinzessin lächelte Herrn Brekkel an — eine weiße Rose, die sich erschließt, konnte nicht betörender sein.

Herr Brekkel führte sie zu dem Eingang der Schleiferei und begann die Rede, die er sich vorbereitet hatte.

Sie staunten über den gewaltigen Raum, wo Räder und Riemen surrten und bleiche Männer mit Lupen, über blitzende Schleifrädchen gebeugt, saßen. Sie lauschten aufmerksam den Ziffern, mit denen Herr Brekkel ihr Wissen bereicherte: daß die Schnittscheibe aus Phosphorbronze 4000 Drehungen in der Minute machte, daß wenigstens fünfzig Prozent der Diamanten beim Schleifen verloren gingen, und daß ein wirklicher Brillant 58 Facetten hat, deren Maße auf ein Hundertstel Millimeter stimmen müssen. Aber besonderes Interesse bekundeten sie weder für die Ziffern noch für die kleinen schimmernden Dinger, die auf den Sortiertischen aufgeschüttet lagen; man mußte auch unleugbar ein Fachmann sein, um sie von Glasscherben zu unterscheiden. Der Lärm in den Arbeitslokalen war betäubend. Herr Brekkel sah, wie der Prinz verstohlen auf seine Uhr schaute, und er ertappte die Prinzessin bei einem kleinen Gähnen, das sie hinter ihrer weißen Hand verbarg. Aber sie beeilte sich, seine Befürchtungen zu zerstreuen, indem sie einen der Ringe von ihrer Hand abstreifte und ihn fragte, was er wert war. Herr Brekkel schätzte ihn mit einem Stich im Herzen auf zehntausend Gulden oder so. Warum war er nur Sekretär? Warum konnte er nicht einen der Steine vom Tisch nehmen und sagen: Ich glaube, der paßt im Stil, Prinzessin, behalten Sie ihn doch als ein kleines Andenken!

Nun sah die Prinzessin nach dem Ausgang, und Herr Brekkel führte sie, den Tod im Herzen, in das Kontor zurück. Er öffnete eine Kasse und nahm ein Etui mit einem gewaltigen gelblich-weißen Stein heraus.

„Hier," sagte er, „haben wir den berühmten Stein: das Südliche Kreuz, gefunden in Südafrika und gekauft von John Pierpont Morgan für drei Millionen Gulden. Er wurde von uns geschliffen —"

„Aber das ist doch nur eine Kopie," unterbrach sie mit emporgezogenen Augenbrauen.

„Ja," gab Herr Brekkel beschämt zu. „Aber ich glaubte, es würde Sie interessieren, Prinzessin —"

„Natürlich!" sagte sie gleichgültig. „Es war sehr liebenswürdig von Ihnen, Herr Brekkel, und es hat uns sehr gefreut —"

Kein Zweifel, sie gedachte zu gehen, und sie hielt ihren Tag für vergeudet. Er hatte noch einen letzten Trumpf. Daß er ihn nicht ausspielen durfte, bestärkte ihn nur in seinem Entschluß, es zu tun. Er machte sich hastig an der Kasse zu tun, zog ein viereckiges Bleietui hervor und warf einen Blick in den Korridor, ehe er es öffnete.

„Hier, Prinzessin," sagte er halb flüsternd, „habe ich etwas, was noch keine Frau in Europa gesehen hat und wovon alle Frauen Europas mit der Zeit träumen werden."

„Und das wäre?" sagte sie mit einem Lächeln über seine Beredsamkeit.

Herr Brekkel senkte die Stimme noch mehr.

„Natürlich habe ich nicht das Recht, dies irgend jemandem zu zeigen. Hier, Prinzessin, habe ich die Cassiopeia — so wurde sie in Südafrika von denen genannt, die sie fanden. Es ist ein ungeschliffener Diamant von fünfzehnhundert Karat ohne ein Fleckchen. Unsere Firma soll ihn schleifen. Weder das Südliche Kreuz noch irgendein anderer Stein hat reineren Glanz — aber sehen Sie selbst!"

Der Prinz und die Prinzessin sahen. Auf einem schwarzen Samtkissen auf dem Grund des Bleietuis ruhte ein bläulichweißer Stein von der Größe einer geballten Faust. Noch entbehrte er der Facetten. Aber sein Inneres schien voll von einem selbstgeschaffenen Lichte zu sein; ein mystisches Fluidum bebte dort drinnen, ein Feuer, das nur der Klinge des Schleifers und der Fenster der Facetten harrte, um in Blitzen und Funken hervorzuschießen. Die Prinzessin stieß einen tiefen Seufzer aus.

„Sie haben recht, Herr Brekkel, hier ist etwas, das allen Frauen Europas ihre Seelenruhe rauben wird und vielleicht vielen von ihnen noch etwas anderes."

Sie lächelte, ihren Blick in den seinen tauchend, und Herr Brekkel wußte nicht mehr, was mehr inneres Licht barg, der Stein oder ihre Augen. Er klappte das Etui zu, und sie reichte ihm die Hand.

„Leben Sie wohl, Herr Brekkel, und haben Sie Dank — wirklich Dank. Sie haben mir ein Erlebnis geschenkt — nichts Geringeres."

Er erzitterte bei dem Druck ihrer feinen Finger. Er war zu betäubt, um ihr auch nur bis zu der Tür zu folgen. Nun nickte ihm der Prinz vom Ausgang mit einem gutmütigen Clownlächeln zu. Erst da raffte er sich auf, sperrte das Etui in die Kasse, verriegelte sie und eilte ihnen über die Treppe nach. Im Hof durfte er noch einmal ihre Hand drücken, dann rollte das Auto davon.

5

Fischers Diamantenschleiferei wurde nicht ärmer um die Cassiopeia. Die Polizei in Amsterdam, die die Automobilgeschwindigkeit mit fünfundzwanzig Kilometer festgesetzt hatte, läßt sich ungern auf Wettrennen auf offener Landstraße ein, und darum stoppte sie Prinz Caracciolas alias „Joseph le Gorgonzolas" Auto schon an der Ecke der Tolstraat. Sowohl Joseph le Gorgonzola als auch Prinzessin „Alice la Liane" begriffen sofort den Zusammenhang, und wenn die Amsterdamer Polizei sich nicht trotz ihrer Körperfülle so rasch in den Wendungen gezeigt hätte, wäre das Korps — unzweifelhaft dezimiert worden, und die Überlebenden hätten sich in einer Geschwindigkeitsfahrt üben müssen, die sowohl ihren prinzipiellen als auch ihren natürlichen Neigungen widersprach. Wie es nun war, wurde das prinzliche Paar, noch bevor sie die Revolver hervorziehen konnten, überwältigt — sie fauchend wie eine Wildkatze, und er mit neapolitanischen Ausdrücken um sich werfend, die nur eines anderen Publikums bedurft hätten, um Staunen und Bewunderung zu erregen. Ihre letzte Geste war ein Versuch, das Bleietui, in dem die Namensschwester des Sternes Cassiopeia ruhte, mit einem Revolverschuß zu zertrümmern — sollte sie den Stein nicht tragen, so sollte es auch kein anderes Weib. Aber wie schlangenhaft geschmeidig sie auch war, so gelang ihr auch dies nicht. Am selben Abend noch lag der Stein wieder in Fischers Kasse, und am selben Abend ruhten der Prinz und die Prinzessin in einem fast ebenso dunklen Verwahrungsraum: ein ungeschliffenes Juwel und zwei geschliffene —

war das geistreiche Epitaph der Amsterdamer Presse über ihr Heldenstück.

Am selben Abend machte Dr. Zimmertür in seinem Arbeitszimmer zwei Herren miteinander bekannt — den Direktor von Fischers Schleiferei und den Mann, den er vor drei Tagen bewußtlos am Oudezijds Achterburgwal gefunden hatte.

„Hier ist der stumme Zeuge," sagte er. „Wäre er nicht gewesen —"

„So hätte Brekkels Einfalt uns jetzt ein paar Millionen gekostet," knurrte der Direktor.

„Ach, aber Sie müssen bedenken, daß er es mit einem der geschicktesten Taschenspieler Europas zu tun hatte," sagte der Doktor. „Für einen Mann, der den Pariser Juwelieren vor der Nase Diamanten wegzaubern kann, ist es ein Kinderspiel, herauszubekommen, wie eine bestimmte Sorte Bleietuis aussieht, und das nächste Mal ein solches Etui durch ein anderes zu ersetzen, ohne daß ein verliebter junger Mann es sieht."

„Der Sekretär einer Firma wie die unsrige hat nicht verliebt zu sein," erklärte der Direktor in demselben Ton wie der alte Hofmann, als er sagte: ‚Die Königin von Spanien hat keine Beine.' „Ich habe Brekkel nicht entlassen, aber Sekretär wird er nie mehr. Sie behaupten also, daß es sein Verdienst" — er wies auf den fügsamen Pensionär des Doktors — „ist, daß Sie das Attentat verhüten konnten?"

„Sehen Sie sich seine Zeichnung an," sagte der Doktor. „Kann es etwas Deutlicheres geben? Ein Meer, eine Welle im Meer und ein Fischer. War nicht Spinoza Schleifer, und heißt Ihre Firma nicht Fischer?"

„Hm," murmelte der Direktor, „auf jeden Fall ist es deutlich und klar, daß er ihr Mitschuldiger war, sonst könnte er nicht —"

„Nur eine Zeitlang, nur eine Zeitlang," sagte der Doktor. „Wie ich die Sache sehe, ist er Schleifer; sie haben ihn engagiert, um den Diamanten umzuschleifen, nachdem sie ihn glücklich gestohlen hatten, aber eines schönen Abends kommt es zu einem Krach zwischen ihm und jenen, vermutlich um die Gunst der Prinzessin. Das Resultat ist ein Revolverschuß —" „Und daß Sie ihn finden und uns retten," unterbrach der Direktor. „Lassen Sie mich jetzt wissen, wie hoch Sie selbst Ihre Hilfe bewerten! Sie begreifen, wir haben Ihnen nichts abzuschlagen."

„Die Größe des Schecks," erwiderte der Doktor mit einem Lächeln, „überlasse ich Ihnen selbst zu bestimmen. Aber wenn Sie mir eine Freude machen wollen, so engagieren Sie den Mann hier, wenn er wieder gesund ist. Es ist ja doch sein Verdienst, daß das Attentat vereitelt wurde, und wenn Sie sich nicht auf ihn verlassen, so brauchen Sie ihn ja nur von Herrn Brekkel bewachen zu lassen."

EIN
SCHLÜSSELROMAN

Als die Morgenblätter mitteilten, daß Jonkheer de Ring am vorhergehenden Tage das neue Kabinett gebildet hatte, nahm die Bevölkerung des Landes diese Mitteilung mit der Ruhe auf, die den Blumen der Wiesen eigentümlich ist. Manche Wolken bringen Regen, andere Hagel, aber alle ziehen vorbei; so ist es gewesen, so wird es verbleiben bis zum Ende aller Tage. Einige Ministerien bringen gesellschaftserhaltende Programme, andere gesellschaftsumstürzende, aber alle ziehen vorbei; so ist es gewesen, so wird es bleiben bis zum Ende aller Reichstage.

Die Ministerliste bot auch keine besonderen Überraschungen. Von dem vorhergehenden Kabinett hatte Jonkheer de Ring nicht weniger als vier Minister übernommen, die Herren 't Serstevens, van Helder, Dobbelman und Rijnburg. Herr Dobbelman, der in der früheren Regierung Finanzminister gewesen war, wurde in der neuen Kolonialminister; Herr van Helder übernahm das Kriegsministerium, nachdem er vorher Unterrichtsminister gewesen war, Herr 't Serstevens wurde Marineminister anstatt Arbeitsminister, und Herr Lukas Rijnburg übersiedelte aus dem Palais des Kolonialministeriums in das des Justizministeriums. Das batavische Königreich samt Kolonien hatte wieder eine verantwortliche Regierung, und dreißig Millionen weiße, braune, schwarze und rote, protestantische, katholische, jüdische, mohammedanische und fetischanbetende Menschen in Europa, Amerika und Asien konnten wieder in dem Bewußtsein, daß zwanzig sanfte, aber feste Hände das Steuer des Staatsschiffes hielten, ruhig schlafen.

„Was ich an den parlamentarischen Ministern am meisten bewundere," sagte der junge Herr Scheltema und legte den

Telegraaf weg, „ist die vielseitige Ausbildung, über die sie verfügen müssen. Es macht ihnen nicht das geringste aus, heute für Maschinengewehre und morgen für Altersversicherung zu sorgen."

„Sie haben recht," erwiderte Dr. Zimmertür. „Wenn man nicht den tiefsten Respekt vor der Volksregierung hätte, könnte man sagen, sie gehen in den Ministerien aus und ein wie Quartalssäufer in den Abstinenzlogen."

„Und Rijnburg ist Justizminister geworden," setzte der junge Scheltema seine Betrachtungen fort. „Das letzte mal war er Kolonialminister. Ich habe es nicht vergessen!"

„Wenn Sie es nicht vergessen haben," warf der Doktor ein, „so ist es deshalb, weil Sie es nicht vergessen wollten. Wir vergessen das, was wir vergessen wollen."

„Unsinn!" sagte der reiche Jüngling unehrerbietig.

„Es ist das letzte Wort der Wissenschaft."

„Wenn ich nach einem Namen suche und ihn nicht finden kann, so ist das also, weil ich nicht will!"

„Ganz richtig. Aber bevor Sie noch eifriger protestieren, wird es vielleicht am besten sein, daß Sie sich klarmachen, was Sie unter ‚Ich will' verstehen. Warum wollen Sie etwas?"

„Meistens, weil es mir angenehm ist, fürchte ich."

„Gewiß. Wenn es Ihnen nicht angenehm ist, sich an eine Sache zu erinnern, wollen Sie sich nicht daran erinnern, und dann vergessen Sie sie."

Der junge Scheltema sah noch skeptischer drein.

„Nicht genug damit," fuhr der Doktor unerbittlich fort, „wenn Sie sich einer Sache oder Person nicht erinnern wollen, so vergessen Sie nicht nur diese, sondern auch, was mit ihr im Zusammenhang steht. Das ist ein Prozeß, der frappant an den erinnert, wenn der Körper einen Fremdkörper verkapselt. Der Eindruck, den Sie vergessen wollen, ist die ganze Zeit da, aber er ist von Ihnen durch eine Mauer, die Sie selbst aufgerichtet haben, getrennt."

Der junge Scheltema begoß diese Lehren mit dem Absinth aus seinem Glase.

„Wenn Sie anfangen, einer jungen Dame überdrüssig zu werden," fuhr der Doktor fort, indem er seine Offensive in die Erblande des Feindes führte, „so ,vergessen' Sie den Glockenschlag, zu dem Sie sie treffen sollen, Sie ,verlegen' Sachen, die sie Ihnen gegeben hat, und wenn Sie sie treffen und Ihre veränderten Gefühle zu verbergen trachten, so können Sie einer Sache gewiß sein: in einem unbewachten Augenblick kriechen sie hervor, Sie ,versprechen' sich! Vergessen, sich versprechen, eine Sache verlegen, das sind alles die sichtbaren Beweise eines Unlustgefühles, eines ,Unwillens'."

Der junge Scheltema fand eine Verteidigung.

„Braucht es denn überhaupt eine Erklärung für solche Bagatellen zu geben?" fragte er mit einem halben Gähnen.

Dr. Zimmertür fing Feuer.

„Sind Sie Fetischanbeter? Glauben Sie, daß jede Wirkung ihre bestimmte Ursache hat, oder glauben Sie, daß sie eine willkürliche hat? Sie glauben natürlich das erstere — aber nur, wenn es sich um äußere Dinge handelt, Himmelskörper und Atome. Wenn es sich um Ihr eigenes Inneres handelt, dann glauben Sie, daß eine Wirkung aus jeder x-beliebigen Ursache entstehen kann. Sie sind unolgischer als ein sogenannter Gläubiger — denn für einen Gläubigen fällt kein Sperling zu Boden ohne triftigen Grund! Sie hingegen —"

Der reiche Jüngling hob beschwörend die Hand:

„Verzeihen Sie mir!" flehte er. „Und geruhen Sie, die Dunkelheit meines Unglaubens und Aberglaubens zu erhellen! Lassen Sie uns zum Ausgangspunkt zurückkehren."

„Gern," nickte der Doktor lächelnd.

„Wir begannen damit, vom Herrn Justizminister Rijnburg zu sprechen. Lassen Sie mich fragen: Sagt sein Name Ihnen etwas?"

„Absolut nichts. Sie wissen, daß ich mich nicht um Politik kümmere!"

„Aber Sie lesen doch täglich die Zeitungen. Haben Sie wirklich das vergessen, was einige von ihnen den Skandal auf Borneo nannten?"

„Ich suche in meiner Erinnerung, aber —" „Es handelte sich um eine Bergwerkskonzession. Herr Rijnburg — aber jetzt erinnern Sie sich?" „Absolut nicht — nein."

„Aber Sie müssen davon gelesen haben. Es füllte ganze Spalten der kleinen Zeitungen. Wenn Sie es nun vergessen haben, so ist das nach Ihrer eigenen Theorie deshalb, weil die Sache in Ihnen so große Unlust erregt hat, daß Sie sie vergessen wollten, sie weggeschoben oder verkapselt haben. Nicht wahr?"

„Ganz richtig. Aber vergessen Sie selbst nicht, daß es viele Sorten von Unlust gibt und daß eine der häufigsten die ist, die wir Langeweile nennen. Herr Rijnburg und seine Transaktionen haben mich gelangweilt — was sicherlich auch heute noch der Fall wäre!"

In diesem Augenblick hörte man eine Stimme rufen: „Sagen Sie das nicht! Ah! Sagen Sie das nicht!"

Der Doktor und sein junger Freund drehten sich hastig um.

Zwei Tische von ihnen entfernt saß ein seltener Bodega-gast, eine junge, gutgekleidete Dame. Sie war aschblond, grauäugig und sonnverbrannt — ein moderner Sporttyp.

Der Doktor war der erste, der sich wieder faßte.

„Verzeihung, aber was sollte ich nicht sagen?"

„Daß Herr Rijnburg Sie unmöglich interessieren kann!" rief sie.

„Und warum sollte ich einer so unwiderleglichen Wahrheit nicht Ausdruck geben?"

„Weil ich Rachel Ruisbroek bin, die Frau von Gerard Ruisbroek. Sie haben ja den *Telegraaf.* Wenn Sie wissen wollen, wer ich bin, sehen Sie dort nach."

2

Keiner der beiden Herren konnte sich fürs erste aufraffen, ihrer Aufforderung nachzukommen. Sie verschlangen sie mit den Augen — und es lohnte auch der Mühe, sie anzusehen. Rank, schlank und trotzig, eine junge Diana. Aber mit einem ratlosen, beinahe verzweifelten Ausdruck in den Augen.

„Sie vergessen, das zu tun, um was ich Sie bat," sagte sie plötzlich. „Ist das noch immer unterdrückte Unlust, Doktor Zimmertür?"

„Im Gegenteil!" verbeugte sich der Doktor und fuhr fort, sie zu studieren. „Im Gegenteil, befriedigte Lust. Aber woher kennen Sie meinen Namen?"

„Wir haben einen gemeinsamen Freund, Mr. Trowbridge, er gab mir Ihre Adresse, und bei Ihnen zu Hause wies man mich hierher. Mr. Trowbridge riet mir als Freund, zu Ihnen zu gehen. Vorderhand habe ich noch Freunde — wenn auch —"

Sie sah auf den *Telegraaf* und zuckte die Achseln.

„Aber womit kann ich Ihnen helfen?"

„Mich retten!" rief sie. „Das retten, was für mich kostbarer ist als mein eigenes Leben!"

Und da sein Gesichtsausdruck immer ratloser wurde, fügte sie mit einem leisen Lächeln hinzu:

„Sie vergessen noch immer die Zeitung."

Sie stürzten sich auf die Zeitung. Der reiche Jüngling fand den Artikel, um den es sich handelte. Schon die Überschrift ließ sie stutzen: Der Skandal im Kolonialministerium! Sie brauchten kaum dreißig Sekunden, um die Zeilen zu durchfliegen; aber erst nach zwei Minuten blickte der Doktor auf. Was den jungen Scheltema betrifft, so hatte er einen Fleck auf seinem Ärmel entdeckt, den er wegbürsten mußte.

„Nun?" kam ihre Stimme, halb hoffnungsvoll, halb spöttisch.

„Meine gnädige Frau," begann der Doktor. „Frau Ruisbroek—"

„Sie glauben, daß er schuldig ist? Sagen Sie es nur!"

Er hob die Hand.

„Ein Mann, der Sie erringen konnte, ist außerstande, das zu tun, was die Zeitung berichtet. Aber—

„Ja?"

„Aber was soll ich tun? Ich bin nicht Minister."

Sie lachte. „Nein, Gott sei Dank! Dann hätte ich Sie nicht aufgesucht. Ich besuchte heute vormittag einen Minister — er ist sogar Justizminister."

„Und er zeigte kein Interesse?"

„Doch — aber nicht für meinen Mann!"

Der Doktor verscheuchte eine Grimasse des Widerwillens mit der Hand.

„Ich verstehe. Aber noch einmal: Was wollen Sie, daß ich—"

„Wenn Sie keinen Rat wissen, dann ist sicherlich alles verloren," unterbrach sie. „Ich sagte es Mr. Trowbridge. Aber er redete sich und mir das Gegenteil ein. Leben Sie wohl, Herr Doktor, und verzeihen Sie die sonderbare Konsultation. Kellner, was bin ich schuldig?"

Dr. Zimmertürs rundliche Finger strichen hin und her über die Schläfen, an denen das Haar ein wenig schütter geworden war. Jetzt hob er die schweren Augenlider und sah sie mit einem ruhigen, freundlichen, durchdringenden Blick an, der sie sowohl den Kellner als auch die Bezahlung vergessen ließ.

„Frau Ruisbroek!" sagte er und winkte dem Kellner ab. „Der Justizminister hat die Revision des Urteils über ihren Mann abgelehnt. Der Justizminister dieser Regierung war bei der früheren Kolonialminister und folglich der Chef Ihres Mannes. Wenn er die Revision ablehnt, muß er felsenfest von der Schuld Ihres Mannes überzeugt sein. Glauben Sie, daß er das ist?"

„Seine Worte ließen keinen Zweifel offen," antwortete sie leise. „Aber —"

„Was?"

Sie sah ihn mit ihren klaren Pupillen gerade in die Augen.

„Sie mögen mich parteiisch nennen, verblendet oder wahnsinnig — was Sie wollen, ich glaube, er weiß, daß mein Mann nicht schuldig ist, ja, ich glaube, daß er etwas weiß!"

„Mit anderen Worten," sagte der Doktor langsam und nachdrücklich, „wenn man ihn erforschen, wenn man ihn auf Herz und Nieren prüfen könnte, wie man so sagt —"

Sie brach in ein zynisches Lachen aus.

„Wollen Sie wirklich den Posten eines Kloakenreinigers übernehmen?"

„Ja," antwortete er ernst, „denn eine andere Aussicht, Ihren Mann zu retten, sehe ich nicht. Aber jetzt muß ich vor allem einmal alle Einzelheiten in der Sache erfahren."

3

Was der *Telegraaf* mitteilte, war ganz einfach, daß der Justizminister die Revision des Verfahrens gegen Gerard Ruisbroek, der der Spionage für Rechnung einer fremden Macht angeklagt und schuldig gesprochen war, abgelehnt hatte. Sowie der Beschluß rechtskräftig geworden war, das heißt in einer Woche, sollte Gerard Ruisbroek vom Untersuchungsgefängnis in jene Anstalt gebracht werden, in der die nächsten zwölf Jahre seines Lebens verfließen sollten.

Dies stand im *Telegraaf.* Was man in weniger feierlichen Organen lesen konnte — denn alles ist relativ, sogar — so unglaublich es klingen mag, die Feierlichkeit einer holländischen Zeitung —, war folgendes:

Gerard Ruisbroek war durch vier Jahre im Kolonialministerium angestellt gewesen. Er hatte sich sowohl die Sympathie seiner Kameraden wie die seiner Vorgesetzten erworben. Um so mehr Aufsehen erregte es, als er eines schönen Tages beschuldigt wurde, Geheimdokumente von höchster Bedeutung an eine fremde Macht ausgeliefert zu haben, deren Söhne Hollands allzu reiche Kolonialherrschaft mit scheelen Blicken ansahen — mit dieser eleganten Phrase verstanden einige Zeitungen das Kaiserreich Japan anzudeuten. Ruisbroek selbst beteuerte seine Unschuld; aber ein kompromittierendes Dokument war in den Händen seiner Vorgesetzten, eine Kopie der geheimen militärischen Verhaltungsordres auf Java und Sumatra, die in einem Brief an einen bekannten japanischen Agenten aufgefangen worden war. Daß die Handschrift die Ruisbroeks war, hatten Sachverständige festgestellt. Kurz gesagt, man stand vor einer holländischen Dreyfusaffäre, wenn auch nicht gerade die Teufelsinsel auf den Angeklagten wartete, sondern nur lange Haft und bleibende Entehrung.

„Hatte Ihr Mann irgendwelche Feinde?" fragte der Doktor.

„Nicht, daß ich wüßte. Aber möglich ist es natürlich. Ich weiß nichts anderes, als was ich Ihnen erzählt habe. Ich weiß nur, daß er unschuldig ist! Doktor, glauben Sie, daß es irgendeine Möglichkeit gibt?"

Der Doktor grübelte. Um die Wahrheit zu sagen, er glaubte es nicht. Daß ein verantwortlicher Minister die Revision eines Prozesses ohne sehr schwerwiegende Gründe ablehnen sollte, war ausgeschlossen. Gerard Ruisbroek hatte die Liebe eines schönen Weibes gewonnen; aber das bewies doch noch nicht, daß er ein exemplarischer junger Mann war. Die Gehälter in den Ministerien waren nicht groß; es wäre nicht das erstemal, daß ein junger Beamter versucht gewesen wäre, seine Einkünfte in unerlaubter Weise zu erhöhen ... Andererseits lag doch auch etwas Mystisches, nicht nur etwas Gravierendes darin, daß gerade der frühere Chef des Angeklagten eine neue Untersuchung verweigerte. Das wäre doch die geringste Konzession, die er in einem so ernsten Falle machen konnte. Konzession? Konzession? Wann hatte er dieses Wort zuletzt gehört?

Die Leitungsdrähte in seinem Gehirn, die er bemüht war, auseinanderzuhalten, verwirrten sich für einen Augenblick, und er hatte das beinahe physische Gefühl eines Kurzschlusses. Als er die Ideenassoziation, die mit der Raschheit eines Funkens zwischen den Drähten aufgesprungen war, fixieren wollte, mußte er ihr lange nachjagen. Aber indem er seine Aufmerksamkeit anspannte und die Gedanken nach Belieben strömen ließ, fand er zu ihr zurück. Und er zuckte zusammen. Der junge Scheltema war es, der eben dieses Wort gebraucht hatte, und zwar gerade von Herrn Rijnburg. Hatte das etwas zu bedeuten? Vielleicht, vielleicht nicht, auf jeden Fall —

„Ich will Ihnen keine Versprechungen machen," sagte er, „aber ich glaube, daß vielleicht — nun, alles, was an mir liegt, soll geschehen, Frau Ruisbroek!"

Am folgenden Tage empfing der Justizminister der neuen Regierung ein Ansuchen um Audienz, unterzeichnet: Dr. Zimmertür. Es war kurz, aber klar motiviert: Herrn Rijnburg, als Minister einer fortschrittsfreundlichen Regierung, konnte die immer steigende Bedeutung, die man in anderen Ländern der psychischen Untersuchung der Gefangenen beimaß, nicht entgangen sein. Diese hatte bisher in den Händen von Irrenärzten gelegen. Doch diese Ärzte, so vortrefflich sie auch sein mochten, waren von einer streng psychiatrischen Anschauung aller seelischen Phänomene beherrscht. Das einzig Richtige — wozu man auch im Ausland mehr und mehr überzugehen begann — war, jeden Gefangenen psychoanalysieren zu lassen.

Eine Reform in dieser Richtung wünschte Dr. Zimmertür mit dem Minister zu besprechen. — Sein Audienzansuchen wurde am zwanzigsten Juni abgesandt, demselben Tage, an dem er Frau Ruisbroek kennenlernte. Der einundzwanzigste, zweiundwanzigste und dreiundzwanzigste ging vorbei, ohne daß sich etwas ereignete; der vierundzwanzigste desgleichen. Der Minister ließ sich Zeit. Jeden Tag hatte das Konsultationszimmer in der Heerengracht den Besuch einer schlanken jungen Dame mit unerschrockenen grauen Augen. Aber jeden Tag empfing sie dasselbe Kopfschütteln; jeden Tag wurde ihr Blick, der den Datumszeiger auf dem Schreibtisch suchte, immer angestrengter. Der fünfundzwanzigste brachte noch immer keine Antwort. Als die junge Dame das Haus in der Heerengracht verließ, stützte sie sich schwer auf das Geländer. Endlich am sechsundzwanzigsten, als sie schon die Hoffnung aufgegeben, kam die Antwort: Der Justizminister Ihrer Majestät würde Dr. Zimmertür am nächsten Tage um elf Uhr empfangen.

„Und übermorgen in aller Frühe, Doktor, soll er — soll er nach —"

Der Doktor nickte gedankenvoll.

„Ja," sagte er, „Herr Rijnburg hat mir nicht viel Zeit gelassen, aber —"

„Aber Sie glauben, daß Sie ihn retten können! Sagen Sie, daß Sie es glauben!"

Der Doktor streichelte ihre Hand. Sein Gesicht war so voll Gutmütigkeit und Sympathie wie das des Manns im Mond.

„Aber Kind! Ich will ihn retten, und darum glaube ich, daß ich es können werde."

„Aber wie, Doktor, wie?"

Die Züge des Doktors nahmen plötzlich einen Ausdruck unerhörter List an. Er rollte die Augenbälle, zog die Schultern in die Höhe und breitete die Hände mit einer Geste aus, ererbt von Generationen wechselnder und wuchernder Vorväter, der Geste, die sagt: Geschäftsgeheimnis, liebes Kind, ein kleines Geschäftsgeheimnis, mein liebes, kleines Geschäftsgeheimnis ... „Nur eine dumme Idee!" krächzte er. „Nur eine kleine, dumme Idee, aber ich glaube, liebe Frau Ruisbroek, ich glaube —"

Seine Augen verschwanden unter den Lidern, und seine Stimme verschwand im Diskant. Als Rachel Ruisbroek ging, umklammerte sie das Geländer fester denn je, und ihr Körper wurde von einem hysterischen Lachen geschüttelt.

4

„Seine Exzellenz empfängt, bitte!"

Dr. Zimmertür fühlte sich zwinkernd und blinzelnd in ein großes Zimmer mit hohen, beinahe vorhanglosen Fenstern geschoben. An dem pedantisch wohlgeordneten Schreibtisch saß ein älterer Herr mit einem Kahlkopf. Das Licht, das zum Fenster hereinströmte, erfüllte jede Ecke, jeden Winkel; kein Stäubchen war zu entdecken, das ganze Zimmer schien zu sagen: *Untersuche mich! Ich habe nichts zu verbergen. Ich bin die Heimstatt der unbestechlichen Gerechtigkeit, mein Herr ist ihr Vertreter, und seine Seele ist meine Seele!*

„Doktor Zimmertür?"

Der Gelehrte verbeugte sich.

„Sie haben eine Audienz erbeten," sagte der Mann mit dem Kahlkopf und heftete zwei Augen scharf wie Bohrer auf den Besucher. „Ich habe sie ausschließlich aus einem Grunde gewährt: Ich will einer Wiederholung des Besuches Vorbeugen. Wenn ich Ihr Ansuchen nicht bewilligt hätte, wären Sie natürlich —" er maß den Doktor mit einem Blick — „Ihrer Rasse entsprechend, zur Presse gestürzt, und ich hätte eine Meute Tintenschmierer hinter mir her gehabt, ehe ich noch meine Ansicht hätte darlegen können. Jetzt lege ich meine Ansicht Ihnen dar und erwarte, daß Sie als Mann der Wissenschaft oder präsumptiver Mann der — Wissenschaft, meine Worte loyal weitergeben. Zur größeren Sicherheit —"

Er unterbrach sich. Der Doktor nahm den Faden auf.

„Zur größeren Sicherheit," ergänzte er, „lassen Sie unser ganzes Gespräch per Diktaphon aufnehmen. Oder ist das nicht die Membran eines solchen, die ich dort sehe?"

Der Minister richtete sich auf. Sein Blick wurde noch schärfer.

„Hä—hm! Soso, das haben Sie gesehen! Sie sind smart — aber das ist natürlich notwendig bei Ihrem — Beruf. Sie haben recht. Ich bin, ganz wie Sie schrieben, ein Freund des wissenschaftlichen Fortschritts, und um alle Über-raschungen auszuschließen, habe ich ein Diktaphon ins-tallieren lassen.

Das kann Gespräche bis zu einer halben Stunde auf-nehmen, und das ist mehr Zeit, als ich Ihnen zu opfern gedenke."

Er machte abermals eine Pause und drückte auf einen Knopf, offenbar, um das Diktaphon in Gang zu setzen. Vom Doktor an der anderen Seite des Tisches kam ein halb-lautes:

„Diktaphon! Sehr gut! Weiß der Teufel, ob nicht — haha."

Die Worte endeten in einem Kichern. Die Augen des Ministers, die sehr nahe beisammen saßen, blitzten auf, und sein Kinn vibrierte vor Empörung, so, als ob er kauen würde.

„Weiß der Teufel, ob nicht — was?" wiederholte er. „Eine eigentümliche Ausdrucksweise bei einem — auch bei einem sogenannten Gelehrten! Ja, ich sage sogenannten. In dieser Eigenschaft habe ich Ihnen eine Audienz bewilligt. Wenn ich Sie empfange, so empfange ich eine Deputation aller Quacksalber des Landes. Ihnen als Obmann der Deputation, sowohl in dem Sinne, daß Sie der erste sind, der eine Audienz hat, als auch in dem, daß Sie die unerquicklichste Form der modernen Quacksalberei repräsentieren — Ihnen bringe ich die Botschaft, die ich sämtlichen dieser Herren zu übermitteln habe: Nehmen Sie sich in acht! Das Gesetz, dessen Repräsentant ich bin, wird keinerlei Mogeleien von Ihrer Seite dulden. Der Arm des Gesetzes ist lang, wenn auch —"

„Wenn auch die Arme des Repräsentanten kurz sind," flüsterte eine ehrfurchtsvolle Stimme auf der anderen Seite des Tisches.

Der Justizminister sprang auf.

„Was war das? Ich sage, der Arm des Gesetzes ist lang, wenn es auch den Anschein haben mag, als ob Ihre Finger länger wären. Das ist die Botschaft, die ich Sie bitte, Ihren Kollegen zu übermitteln."

Herr Rijnburg drückte auf einen Knopf und stoppte das Diktaphon. Er hatte sich zur Hälfte erhoben. Es war kaum möglich, das Ende einer Audienz deutlicher zu markieren. Aber er hatte die Rechnung ohne den Gast gemacht.

Dr. Zimmertür blieb unbeweglich auf seinem Stuhl sitzen. Seine Gesichtsmaske war eine unnachahmliche Mischung aus Erbitterung und Gutmütigkeit.

„Ich werde den Herren, die Sie meine Kollegen nennen, überhaupt keine Botschaft überbringen. Ich habe Ihnen etwas zu sagen. Sie, der Sie meine Wissenschaft verhöhnen, Sie, der Sie sie Quacksalberei nennen — haben Sie je versucht, sich mit ihr vertraut zu machen?"

Die Lippen des Justizministers schürzten sich geringschätzig.

„Meine Zeit ist wirklich zu kostbar, um —"

„Sie verdammen sie ungehört?"

„Ich habe genug gelesen —"

„Bücher?"

„Wenn nichts sonst, so Zeitungen, so daß ich —" „Zeitungen? Beurteilen Sie auch andere Dinge darnach? Beurteilen Sie die nach Klatsch, oder vertiefen Sie sich in die Akten?"

Der Mund des Justizministers war noch ebenso hohnvoll, aber seine Augen waren ein wenig ausweichend, als er erwiderte:

„Es ist mir unmöglich, mich in jeden Quark zu vertiefen!"

„Quark! Halten Sie es für einen Quark, wenn wir die Gesetze unseres Seelenlebens kennenlernen, jenen Teil unseres Wesens, der uns über die Tiere erhebt? Sie haben mich Quacksalber und Schwindler geheißen. Ich könnte Sie auch und mit mehr Berechtigung so nennen, aber ich tue es nicht, obwohl Sie keine Zeugen hätten" — der Doktor sah lächelnd in die Richtung des gestoppten Diktaphons —,

„während ich einen unwiderleglichen Zeugen für Ihre ehren-
rührigen Aussprüche habe. Nein, ich verlange Satisfaktion."

Das Gesicht des Justizministers durchlief eine ganze
Skala von Gemütsbewegungen, vom Zorn bis zur Ver-
blüffung. Seine Hand ging zum Diktaphontaster, blieb aber
auf halbem Wege stehen. Schließlich brach er in eine Art
von Gelächter aus wie ein Mann, der sich blamiert hat und
bereit ist, es allen, nur nicht sich selbst zuzugestehen.

„Satisfaktion? Worin sollte sie bestehen?"

„Darin, daß Sie sich einer Analyse durch mich unterziehen."

Herrn Rijnburgs Augen weiteten sich und wurden so groß
wie kleine Steinkohlenperlen.

„Ich sollte mich von Ihnen psychoanalysieren lassen?
Halten Sie mich vielleicht für kriminell?"

Dr. Zimmertür kreuzte die Arme und sagte mit dumpfer
Stimme:

„Ich will Ihnen mit einem Zitat aus Hamlet antworten:
Ich bin selbst so einigermaßen ehrlich, guter Horatio, aber
doch könnte ich mich solcher Dinge bezichtigen, daß dir
das Blut in den Adern erstarren würde. Seine Stimme
nahm unwillkürlich den gutturalen Klang an, den sie zu
bekommen pflegte, wenn er pathetisch wurde. Herrn
Rijnburgs Lachen war beinahe herzlich.

„Sie zitieren falsch," kicherte er, „das konstatiere ich als
Philologe, aber es kommt auf eins heraus, Sie sind ein amüsanter Bajazzo! Zufälligerweise habe ich eine halbe Stunde
frei. Analysieren Sie mich nach Belieben, und teilen Sie das
Resultat der Presse mit! Muß ich den Rock ablegen?"

Der Doktor stieß einen tiefen Seufzer aus. Die Einleitung
war mühsam gewesen. Aber er war weiter gekommen, als

er zu hoffen gewagt. Und doch nur einen kleinen, kleinen Schritt näher zum Kern des Problems!

Er begann seine Analyse in der üblichen Weise, er bat den Patienten seine Ideenassoziationen zu verfolgen, ohne Rücksicht darauf, wohin sie ihn führten, und sofort alles zu sagen, was in seinem Bewußtsein auftauchte. Herr Rijnburg gehorchte ohne Einwände. Die Situation belustigte ihn sichtlich. Der Doktor warf wohlgewählte Worte aus, so wie man Köder auswirft, vergebens, nichts blieb an seinem Angelhaken hängen. Herr Rijnburg antwortete ohne einen Augenblick des Zögerns auf alle Fragen, und sein ruhiger Wortstrom sagte dasselbe wie die Einrichtung des Bureaus, wie das Licht, das durch die Fenster einfiel: Integer vitae. Plötzlich brach der Doktor die Seance ab.

„Es ist genug," sagte er. „Die Diagnose lautet: erstklassiges psychisches Gleichgewicht, ungewöhnliche Beobachtungsgabe, großer Ordnungssinn und ein verblüffendes Gedächtnis. Gestatten Sie mir, Ihnen zu so vielen seltenen Vorzügen und dem Lande zu einem solchen Justizminister zu gratulieren."

Herr Rijnburg lächelte sichtlich geschmeichelt. Der Doktor dachte nach, und seine Gedanken waren bitter. Der Schritt vorwärts, den er zu machen geglaubt hatte, hatte nirgends hingeführt; die Analyse, auf die er seine ganze Hoffnung gesetzt, hatte keinerlei Resultat ergeben; er hatte an Ort und Stelle Marsch gemacht, und er war geschlagen. Blitzartig sah er ein Gesicht mit unerschrockenen grauen Augen, sah ihren Glanz erlöschen, sah sie von bodenloser Verzweiflung erfüllt. Sollte er es wagen, Gerard Ruisbroeks Sache zur Sprache zu bringen? Hatte er irgendeine Aussicht des Gelingens, wenn es ihr mißlungen war? Sicherlich nicht, aber — aber wenn er es nicht tat, und wenn nichts geschah, war die Verzweiflung der grauen Augen unabwendbar.

Etwas geschah.

Herr Rijnburg sah so befriedigt aus wie ein Mann, der seinen ersten Flug gemacht hat und glücklich und heil gelandet ist.

„Sie haben mir zu meinem Gedächtnis gratuliert," begann er, „und daran taten Sie recht. Mein Gedächtnis ist vortrefflich. Aber —"

Er brach ab, zog die Augenbrauen zusammen und machte einen Seitensprung.

„Was haben wir heute für ein Datum?"

„Den 26.," antwortete der Doktor ohne Zögern. „Hatten Euer Exzellenz es vergessen?"

Die Blicke des Justizministers schweiften zu einer Ecke des Zimmers, und seine Lippen formten Worte:

„Samstag," murmelte er so laut, daß der Doktor es auffangen konnte. „Vor Montag kann der Spezialist aus London nicht da sein, und Donkebeek — Teufel!"

Wieder richteten sich seine Blicke auf die Ecke des Zimmers. Unter den Bücherbrettern schimmerte ein kleines Feld in Eichentäfelung. War es Eichentäfelung? Der Doktor dachte wie ein Rasender. Wenn es keine Eichentäfelung war, was war es dann? Er durchlief blitzschnell mehrere Möglichkeiten und machte bei einer halt. Aber vorausgesetzt, daß er recht hatte, brachte es ihn weiter? Das konnte niemand wissen — aber auf jeden Fall hatte er nicht die Zeit, Hamlet zu spielen.

„Gestatten Euer Exzellenz," sagte er ruhig, „daß ich Ihnen helfe, den Kassenschrank zu öffnen?"

Es hieße zu wenig gesagt, daß der Justizminister erstaunt war, er schien wie vom Blitz getroffen.

„Ka—kasse," stammelte er. „Was — wie —"

„Ich bin so frei, Augen und Ohren im Kopfe zu haben," erwiderte der Doktor trocken, aber mit hämmernden Pulsen. „Sie haben dort drüben in der Ecke eine Geheimkasse, Sie haben die Kombination vergessen, und der Spezialist der Londoner Firma, der die Kasse installiert hat, ist erst Montag zu erwarten. Da es ein kostbarer Kassenschrank ist, wäre es schade, ihn zu sprengen — was überdies auch noch allerlei andere Unannehmlichkeiten im Gefolge hätte. Ich wiederhole meine Frage: Gestatten Euer Exzellenz, daß ich den Schrank öffne?"

Der Justizminister setzte sich im Sessel auf.

„Sind Sie Detektiv?"

„Nein."

„Hörten Sie etwas von —"

„Nein."

„Oder von der Kombination?"

„Nein."

„Wie wollen Sie dann den Schrank öffnen können?"

„Das ist meine Sache."

Herr Rijnburg lachte, aber seine Heiterkeit schien ein wenig angestrengt.

„Können Sie einen Schrank öffnen, den Sie nie zuvor gesehen und dessen Kombination Sie nie vorher erfahren haben können, da niemand außer mir sie kannte, können Sie das tun, dann will ich Ihnen schwarz auf weiß geben, daß ich mit meinen eigenen Augen ein Wunder gesehen habe. Ich habe mein Gedächtnis wie ein Wahnsinniger durchforscht, aber wenn es mir den Kopf kosten sollte, ich kann das Wort nicht finden. Und Donkebeek ... Er unterbrach sich und ging in die Ecke des Zimmers, wo er ein dünnes Metalltürchen mit imitiertem Eichenanstrich öffnete. Dann machte er einen Schritt zur Seite, um den Doktor vorzulassen.

„Bitte sehr! Genieren Sie sich nicht!"

Der Doktor begann schweigend die verstellbaren Platten zu drehen. Der Justizminister beobachtete ihn mit einem Gesichtsausdruck, halb Mißtrauen, halb Erwartung. Wie der Doktor die Platten stellte, konnte er nicht sehen; denn ob es nun Absicht oder Zufall war, die runden, kleinen Finger des Gelehrten verdeckten ihm beständig die Aussicht. Natürlich war es Humbug! Natürlich konnte es nichts anderes sein! Das Wort war nie irgend jemandem bekannt gewesen, das wußte er, er änderte es täglich, und im Vertrauen auf sein gutes Gedächtnis hatte er es sich nie ausgeschrieben. Wie sollte dann dieser sogenannte Gelehrte — vielleicht war er in seiner Weise ein Gelehrter — es finden können? Allerdings, er hatte die Existenz des Kassenschrankes erraten, aber —

Aber es gibt doch eine Grenze für die Glückstreffer, die man machen kann. Und hier genügte ein Glückstreffer nicht. Das Alphabet hat 24 Buchstaben, und wie viele Trillionen Kombinationen die bilden können, das hatte er einmal gehört, aber er hatte es ebenso vergessen wie die Kombina...

Klingeling, Klingeling!

Da kam ein glasfeines Silbersignal — Woher? Von der Kasse? Unmöglich! Da wäre die Kombination gefunden, da wäre der Strom geschlossen — unmöglich! Doch nein! Der

Doktor machte einen Griff, und die schwere Tür bewegte sich. Für den Justizminister war es, als sähe er die Türe zum Mysterium aller Mysterien sich in ihren Angeln drehen. Wie —

Da geschah etwas Unerwartetes. Die Hand, die die Tür geöffnet hatte, schlug sie wieder zu, und die rundlichen Finger spielten einen Augenblick mit dem Kombinationsschloß. Herr Rijnburg fuhr auf:

„Aber Mensch! Warum sperren Sie zu?"

Der Doktor drehte sich um. Er lächelte, aber er war sehr bleich.

„Weil wir vergessen haben, das Honorar für meine Hilfe zu besprechen."

Das Gesicht des Justizministers machte eine augenblickliche Veränderung durch. In der letzten halben Stunde war er dem Doktor höflich, beinahe hochachtungsvoll begegnet. Jetzt brach er in ein trockenes Hohngelächter aus.

„Ich glaubte, Sie arbeiteten im Dienste der Wissenschaft?"

„Ja, aber nicht ausschließlich."

„Das hätte ich mir denken können!"

„Meine heutige Arbeit war ebenso sehr im Dienste der Gerechtigkeit. Sie, als höchster Repräsentant der Gerechtigkeit in diesem Lande, sollten das zu schätzen wissen. Und Sie werden mir mein Honorar ohne weiteres bewilligen, wenn Sie hören, worin es besteht."

„Nun?"

Der Doktor hatte die Kasse verlassen, deren schwere Türe wieder unerbittlich verschlossen war wie die Pforte zum Mysterium der Mysterien. Er hatte sich langsam und unmerklich dem gewaltigen Schreibtisch genähert.

„Mein Honorar dafür, Ihren Schrank wieder zu öffnen," sagte er, „ist ganz einfach das, daß ich die Papiere untersuchen darf, die sich darin befinden."

Wenn er verlangt hätte, der Justizminister des Landes solle aus dem Fenster auf die Straße springen, er hätte keinen größeren Effekt erzielen können. Herrn Rijnburgs dünne Lippen waren blau-weiß vor Empörung, als er rief:

„Bis jetzt habe ich Sie für einen unschädlichen Scharlatan gehalten, jetzt merke ich, daß ich meine Auffassung ändern muß."

„Donkebeek," sagte der Doktor, während seine Hände um einen bestimmten Punkt der Tischplatte tasteten. „Vergessen Sie Donkebeek nicht!"

„Wa—wa—was sagen Sie da? Ich verstehe wohl nicht —"

„Donkebeek," wiederholte der Doktor, „ich sagte nur, vergessen Sie Donkebeek nicht."

Der Justizminister sank in einen Lederfauteuil. Seine Hände tasteten in der Brusttasche und fanden eine Zigarre.

„Sie sind wahnsinnig!" murmelte er. „Ich lasse Sie sofort —"

„Wenn ich an Stelle Euer Exzellenz wäre, würde ich das nicht tun. Vergessen Sie nicht, wie ich den Schrank geöffnet habe —"

„Und wie — wie konnten Sie das?"

„Indem ich die fünf konzessiven Konjunktionen unserer Sprache Revue passieren ließ. Sie verstehen doch, was für eine unfehlbare Falle das ist!"

Die Augen des Justizministers drückten nicht mehr Schrecken aus, in ihnen war Entsetzen zu lesen, jenes Entsetzen, das vernünftige Wesen bei dem Anblick eines Narren befällt.

„Konzessive Konjunktionen!" murmelte er und schielte nach der Türe. Aber der Doktor war zwischen ihm und der Türe. Und es konnte kein Zweifel obwalten, daß er der Stärkere war.

„Konzessive Konjunktionen, ja gewiß, hahaha! Daß mir das nicht gleich eingefallen ist!"

„Konzessive Konjunktionen," wiederholte sein ungebetener Gast. „Wir vergessen, was wir vergessen wollen. Unsere Seele bewahrt unangenehme Erinnerungen so, wie wir selbst genannte Geheimnisse bewahren. Aber sie bewahrt nicht einzelne Dinge, sie bewahrt ganze Komplexe. Sie zieht sozusagen einen Zauberkreis um sie oder kapselt sie ein, wie es der Körper mit krankem Fleisch macht. Was ist in einem solchen Komplex enthalten? Ah, da sind alle möglichen Dinge, die mit der ursprünglichen unangenehmen Erinnerung zusammenhängen. Eine Bedeutungsparallele oder eine einfache Lautähnlichkeit kann vollkommen genügen, damit eine im übrigen unschuldige Erinnerung ‚vergessen' wird. Deshalb, Euer Exzellenz, war es überaus unbedacht, das Wort ‚wiewohl' als Kombinationsschlüssel zu wählen. Wiewohl ist eine der fünf konzessiven Konjunktionen, die unsere Sprache hat, daran brauche ich Sie nicht zu erinnern. Obgleich, obschon, obwohl, wiewohl, wennschon. Welche Verbindung besteht zwischen konzessiv und Konzession? Nur eine etymologische Verbindung, aber das ist für einen Philologen wie Sie genügend, und im Hinblick auf die Unannehmlichkeiten, die Sie von Herrn Donkebeeks Konzession auf Sumatra gehabt haben, war es also äußerst unvorsichtig von Ihnen —"

„Was wissen Sie davon? Was wollen Sie diesbezüglich behaupten?"

„Vor einiger Zeit, Herr Rijnburg, bewilligten Sie als Kolonialminister Herrn Victor Donkebeek in Amsterdam eine Bergwerkskonzession in Padang auf Sumatra. Es waren mehrere Bewerber da, aber Sie wählten ihn. Warum Sie ihn wählten, blieb — wenigstens bis auf weiteres — ein Geheimnis zwischen Ihnen und Herrn Donkebeek, dessen Neffe übrigens im Kolonialministerium angestellt ist. Unter denen, die zu ahnen glaubten, warum Sie gerade Herrn Donkebeek wählten, war einer Ihrer Beamten im Kolonialministerium, Gerard Ruisbroek. Er vergaß seine Pflichten als Untergebener in dem Grade, daß er Ihnen Vorstellungen machte — ja er ging so weit, von Nepotismus und Bestechung zu reden —"

Der Justizminister befeuchtete sich die Lippen.

„All dies ist von Ruisbroek und seiner Frau ausgeheckt! Nicht ein Wort daran ist wahr! Hören Sie, nicht ein Wort!"

„Als Ruisbroek sich nicht zufrieden geben wollte," fuhr der Doktor ganz unberührt fort, „und als Donkebeek sowohl für seine Konzession als auch für seinen guten Namen zu fürchten begann, erschien der junge Herr Cornelis Donkebeek auf der Bildfläche und wußte Rat. Sein Plan war in all seiner Einfachheit direkt genial. Wie wäre es, wenn Gerard Ruisbroek einer Amtsverletzung angeklagt würde — einer so schweren Amtsverfehlung, daß sie ihn nicht nur seine Stellung, sondern auch seine Freiheit kostete? Dann wäre ihm der Mund gründlich gestopft, und nicht genug damit, eine Stelle würde frei, die sehr passend mit einem anderen besetzt werden konnte — beispielsweise Herrn Cornelis Donkebeek."

„Das ist Lüge!" rief der Minister. „Ich kenne kein Wort von dieser ganzen Geschichte, hören Sie!"

„Ich will Euer Exzellenz glauben — im Imperfektum. Als Philologe werden Sie den Unterschied richtig einschätzen. Sie kannten kein Wort des Planes, bis der junge Herr Donkebeek Sie vor ein Fait accompli stellte und man den gravierenden Brief an den japanischen Agenten entdeckte, der so unverkennbar in Gerard Ruisbroeks Handschrift geschrieben war. Als Ruisbroek arretiert wurde und vor Gericht kam, war es für Sie unmöglich zu sprechen, wenn Sie sich nicht selbst bloßstellen wollten. Denn Herr Donkebeek senior ist ein vorsichtiger Mann, der sich für alle ausbezahlten Gelder Quittungen ausstellen läßt, und wenn Sie Ruisbroeks Verteidigung ergriffen, fällten Sie Ihr eigenes Urteil — Ihr politisches Todesurteil, das in Herrn Donkebeeks Brieftasche lag, in Form einer Quittung, mit Ihrem eigenen Namen unterschrieben. Sie waren auch nur ein Mensch. Sie erhoben Ihre Stimme nicht, um Ruisbroek zu retten, Sie schwiegen, ja, Sie gingen noch weiter: als Justizminister lehnten Sie die Revision des Verfahrens ab. Ruisbroek selbst konnte sich nicht verteidigen, denn er hatte für seine Behauptung keine Beweise — und wer hätte ohne die zwingendsten Beweise solchen Behauptungen eines kompromittierten Mannes, eines Arrestanten, Glauben geschenkt? Nicht einmal sein Advokat wollte sie anhören. Alles wäre nach Berechnung gegangen, wenn nicht ich —"

Der Justizminister sprang von dem Fauteuil, hinter dem er sich verschanzt hatte, nach vorne. Seine Augen leuchteten fanatisch.

„Und Sie! Haben Sie Beweise? Wenn Ihre Geschichte auch wahr wäre, haben Sie irgendwelche Beweise?"

„Nein," sagte der Doktor ohne von seinem Platz zu weichen, „die Beweise liegen dort in dem Schrank. Da liegt vermutlich unter anderem Herrn Donkebeeks Quittung, die Sie jetzt wiederbekommen haben. Aber ich brauche die Beweise nicht, die sich in dem Schrank befinden. Ich habe einen Zeugen unseres ganzen Gespräches!"

„Einen Zeugen? Wo?"

Der Minister drehte sich herum, als erwartete er, jemand durch eine Geheimtüre eintreten zu sehen.

„Hier ist der Zeuge," sagte der Doktor. „Euer Exzellenz eigenes Diktaphon, das ich vor einer Viertelstunde in Gang gesetzt habe. Aber zur größeren Sicherheit —" er ging hastig durch das Zimmer und öffnete die Türe zum Vorraum — „zur größeren Sicherheit habe ich zwei Zeugen zu präsentieren."

Herr Rijnburg prallte einen Schritt zurück. Über die Schwelle, auf der ein Bedienter sie vergeblich zurückzuhalten suchte, trat Frau Ruisbroek und ein Mann, den er vom Sehen kannte, Kommissar Groot von der Amsterdamer Detektivpolizei.

„Jeder kann doch auf eine Audienz bei einem Minister warten, nicht wahr?" sagte der Doktor und schloß die Türe. „Frau Ruisbroek kennen Euer Exzellenz schon. Kommissar Groot ist ein alter Freund von mir, der versprochen hat, mir in dieser Sache zu helfen, wenn es nötig sein sollte. Wofür entscheiden sich Euer Exzellenz, dem jungen Donkebeek einen Paß ins Ausland zu geben und Gerard Ruisbroek in Freiheit setzen zu lassen — oder selbst vor die Schranken zu treten?"

Das Gesicht des Justizministers war beinahe unheimlich anzusehen. Seine korrekte Beamtenmaske kämpfte mit einer

Wut und einer Zerknirschung, so groß, daß sie ihn zu ersticken drohte.

„Vergessen Sie nicht," sagte der Doktor, „daß der Kassenschrankspezialist aus London erst am Montag kommt, und daß ich den Schlüssel kenne."

Der Justizminister neigte langsam den Kopf.

„Ich gehe auf Ihre Bedingungen ein, Sie — Sie —"

„Verdammter Quacksalber," ergänzte Dr. Zimmertür mit einem strahlenden Lächeln. „Schön, darf ich dann Euer Exzellenz bitten, sofort die nötigen Dokumente auszufüllen? Das Diktaphon können wir ja stoppen. Was die Platte betrifft, so rate ich äußerste Vorsicht an —"

Ein Blick aus Herrn Rijnburgs Steinkohlenaugen ließ ihn verstummen. Er drückte auf den Knopf des Diktaphons und machte dem Minister artig Platz am Schreibtisch.

5

„Aber warum," fragte der junge Scheltema eine Woche später, „ließen Sie ihn Minister bleiben, warum machten Sie nicht reinen Tisch?"

„Ich habe ihm Hamlet zitiert, und ich werde Ihnen Hamlet zitieren: ich brauchte nicht Fortinbras zu spielen, um reinen Tisch zu machen. Haben Sie nicht die Nachmittagstelegramme gesehen? ‚Das Ministerium wackelt?' In parlamentarischen Staaten dauert es nie lange, bis Fortinbras kommt. Das ist die größte Segnung des Parlamentarismus. Lassen Sie uns darauf trinken."

DAS
ENDE

EINES
TRAUMES

„Ausnahmsweise einmal ein interessanter Patient," dachte Dr. Zimmertür, als die Türe aufging.

Der Eintretende war ein junger Mann, ja, so jung, daß er zweifellos der jüngste Patient war, den der Doktor je gehabt hatte. Er war vielleicht neunzehn Jahre alt, aber wahrscheinlich erst achtzehn. Er war groß, schlank und gut gewachsen, nach allem zu urteilen Sportsmann. Wenn dieser junge Mann etwas an sich hatte, was Anlaß geben konnte zu glauben, daß er es nötig hatte, den Doktor aufzusuchen, so waren es seine Augen. Die leuchteten vor Intelligenz. Die Sache war nur die, daß sie fast zu sehr leuchteten!

Diese Reflexionen konnte der Doktor gerade noch anstellen, während der junge Mann sich neugierig im Konsultationszimmer umsah und ebenso neugierig, aber mit einem ausgesprochenen Ausdruck der Enttäuschung den Blick auf den Doktor selbst heftete. Der Doktor konnte ein Lächeln nicht unterdrücken, — ein Lächeln, das ihn wie der gutmütige Mond auf Oberländers Kleinstadtbildern aussehen ließ.

„Hatten Sie sich mich anders vorgestellt?" fragte er freundlich.

Der junge Mann errötete leicht.

„Jemand hat mir —"

„Jemand hat Ihnen von mir erzählt," ergänzte der Doktor. „Aber er vergaß zu erwähnen, wie ich aussehe. Seien Sie nur ruhig, es gibt viele dicke Beichtväter! Und streng genommen, bin ich ja Beichtvater."

Der junge Mann lächelte flüchtig. Der Doktor bedeutete ihm, Platz zu nehmen.

„Was haben Sie zu beichten?"

Er bedachte sich einen Augenblick, schien seine Worte zu wählen und brach dann los:

„Ja — jemand hat mir von Ihnen erzählt, Herr Doktor. Ich weiß nicht, ob Sie mich nicht dumm finden und hinauswerfen werden — aber es ist also ein Traum. Ein Traum, der immer wiederkommt, nicht jede Nacht, aber mindestens jede Woche, und den ich dann die nächste Zeit darauf nicht abschütteln kann."

Er verstummte jäh. Der Doktor schien zwanzig Jahre aus seinem Gesicht gestrichen zu haben. Er glich jetzt einem sympathischen älteren Kameraden.

„Es ist immer derselbe Traum?" sagte er. „Ist er — wie wollen wir mal sagen — unheimlich?"

Der junge Mann — trotz seiner Jahre war er ausgesprochen Mann, nicht Knabe — schüttelte energisch seinen schönen Kopf.

„Es ist kein Alptraum," rief er. „So etwas kann man sich ja selber wieder ausreden. Nein, es ist kein unangenehmer Traum, wenigstens nicht eher als zum Schluß, und selbst dann — nein, es ist nur das, daß ich unaufhörlich daran denken muß — aber es wird das beste sein, wenn ich ihn erzähle. Dann können Sie mich auslachen, soviel Sie wollen!"

Der Doktor wartete die Fortsetzung ab, ohne ihn weiter zu beruhigen. Mit erregter Stimme und einem fernen Blick seiner allzu klaren Augen begann er wieder:

„Es fängt in ganz verschiedener Weise an, aber fast immer in dem kleinen Kabinett bei uns zu Hause. Ich bin da mit jemandem, der sein Gesicht nicht zeigen will, einer — einer Frau. Plötzlich sind wir nicht mehr da — wir gehen zusammen eine lange Wendeltreppe hinauf, ich stütze sie, und sie lehnt sich an mich. Aber noch immer, verstehen Sie, kann ich ihr Gesicht nicht sehen, obwohl ich irgendwie bei mir selbst weiß, daß ich es kenne. Plötzlich stehe ich allein da, die Sterne über mir, die Frau ist fort, und anstatt ihrer sehe ich ein Gesicht neben mir — ein weißes Gesicht, das in der Dunkelheit leuchtet, aber das ich doch nicht ganz klar sehen kann. Ich hebe die Hand und werfe etwas, und dann — und dann ist es so, als ob das Gesicht gesprengt würde, nein, nicht gesprengt, so, als ob es zerflösse wie ein Nebelfleck. Im selben Augenblick habe ich die sonderbarste Empfindung, es ist ein Gemisch von größter Angst und Entsetzen — und dann einer unbeschreiblichen Befriedigung. Ich zittere am ganzen Körper — und dann erwache ich. Aber den ganzen nächsten Tag —"

Er verstummte. Seine Augen hatten dasselbe abwesende, allzu intensive Leuchten, als ob sie irgend etwas in unerreichbarer Ferne nachjagten.

„Das ist das Ganze," sagte er. „Aber ich kann nicht aufhören daran zu denken — wen ich da die Treppe hinaufführe, und was für ein Gesicht es ist, das ich sich auflösen sehe. Es wird nach und nach eine — sagt man nicht Zwangsvorstellung? Können Sie, der Sie derlei Dinge kennen, mir erklären, was es ist, das mir träumte, dann —"

Er verstummte abermals, offenbar ängstlich, ein Lachen zu hören. Aber der Doktor sah überaus ernst aus. Er dachte ein Weilchen nach, bevor er antwortete, und als er antwortete, war es mit einer Frage:

„Haben Sie auf eigene Hand irgend etwas gelesen, was meine Wissenschaft — die Psychoanalyse — berührt?"

„Nein!" Die Antwort kam sofort und ohne Zögern. „Warum denn, wenn ich fragen darf?"

Der Doktor schien die Gegenfrage überhört zu haben.

„Aber Sie lesen viel?" fuhr er fort.

„Ja, aber warum —"

„Was lesen Sie?"

„Alles, was mir in die Hände kommt, aber am liebsten klassische Werke — Cervantes, Dante, Shakespeare."

„Sie sind musikalisch, nicht wahr?"

„Ich spiele viel Klavier, aber nur Beethoven."

„Ich hatte mir etwas Ähnliches gedacht," nickte der Doktor für sich selbst.

„Sie haben es sich gedacht? Warum?" Die noch ein wenig schrille Stimme war nicht ohne Heftigkeit.

„Weil," sagte der Doktor freundlich, „weil Sie wie ein junger Idealist aussehen. Sie dürfen das nicht übelnehmen — die jungen Leute von heute mögen diesen Ausdruck allerdings nicht."

Die blauen Augen in dem sonnverbrannten Gesicht flammten auf.

„Ja, ich bin Idealist! Ich bewundere alles, was groß, schön und recht ist. Meine Mutter hat mich das gelehrt. Sie ist mein Leitstern, Herr Doktor."

Der Doktor nickte billigend.

„Hätten Sie etwas dagegen, mir Näheres über sich selbst zu erzählen?" fragte er.

Der Jüngling begann von sich und seinem Heim zu erzählen, von seinem Vater — flüchtig — aber um so mehr von seiner Mutter. Der Doktor nickte zustimmend. Aber als sein Besucher seinen Namen nannte, traute er anfangs seinen

Ohren nicht. Aber doch, es war wahr! Es war Allan Fitzroy, der bei ihm saß, ein Sohn von James Fitzroy mit der berühmten *Box 526, Amsterdam*. Er verbarg seine Überraschung, so gut er konnte, aber wie groß auch die Sympathie war, die er instinktiv für den jungen Mann empfand, konnte er es doch nicht hindern, daß seine Bemerkungen jetzt ein wenig trocken klangen. Schließlich erhob sich der Patient.

„Und Ihre Erklärung, Herr Doktor? Und Ihr Rat?"

Der Doktor zuckte die Achseln.

„Ich möchte mir Ihren Fall überdenken," sagte er. „Wollen Sie morgen oder übermorgen wiederkommen?"

Der junge Fitzroy nickte bejahend, mit einem Ausdruck der Verwunderung, der Enttäuschung und — sah der Doktor recht — des Mißtrauens. Mißtrauen? Ach ja, *Box 526, Box 526.* — Denken Sie gar nicht an ein Honorar, wollte er hinzufügen, kommen Sie als mein Freund! Aber nach näherer Überlegung begleitete er seinen jungen Patienten zur Türe, ohne etwas zu sagen.

2

Am folgenden Nachmittag gegen fünf Uhr saß der Doktor in Beeldemakers Bodega mit einem alten Bekannten, dem Polizeikommissar Groot, mit dem er zuletzt anläßlich des Attentates in Fischers Diamantenschleiferei zusammengearbeitet hatte. Sie hatten über verschiedene Dinge gesprochen, als der Doktor fragte:

„Na, was gibt es Neues aus der Kriminalwelt? Einige interessante Fälle?"

Groot, ein breitschultriger Hüne, der seinem Namen alle Ehre machte, schüttelte den Kopf.

„Und Sie, was haben Sie zu vermelden, Doktor?"

„Wenigstens einen interessanten Fall," antwortete der Doktor über den Rand seines Orange-Bitter. „Ein vollkommen klassischer Fall. Solch einer, wie ihn der Nestor unserer Wissenschaft mit Akklamation begrüßt hätte. Einen von jenen, auf die er seine umstrittenste Theorie aufbaute."

„Haben Sie das dem Patienten gesagt?"

„Im Gegenteil. Und ich gedenke, es ihm auch nicht zu sagen. Wenn er wiederkommt, werde ich alles tun, um ihm die Dinge auszureden."

„Warum?"

„Er ist noch nicht neunzehn Jahre. Ein junger Schwärmer — ein Idealist. Und wenn ich ihm die Odipussage erzählt und gesagt hätte, daß das seine eigene Geschichte ist, so hätte er vermutlich sich selbst oder mir das Leben genommen. Beides wäre ein peinlicher Gedanke, aber namentlich der erstere."

Der Kommissar lächelte ein wenig verständnislos.

„Ödipus?" wiederholte er.

„Erinnern Sie sich nicht an die Sage von König Ödipus? Es war sein vorbestimmtes Schicksal, seinen Vater zu töten und seine Mutter zu heiraten. Und der Nestor unserer Wissenschaft versichert, daß diese Tragödie sich hier in der Welt am häufigsten abspielen würde, wenn jeder von uns den angeborenen Trieben seines Wesens nachgeben würde."

Der Kommissar stellte das Glas weg; in seinem breiten Gesicht malte sich Abscheu.

„Das meinen Sie doch nicht?" gluckste er beinahe. „Seinen Vater töten und — das soll Wissenschaft sein? Das ist doch das Widerwärtigste, was ich in meinem ganzen Leben gehört habe."

Der Doktor nickte zustimmend.

„Unsere angeborenen Triebe sind eben nicht so besonders fein," gab er zu. „Welcher Philosoph sagt doch, das größte Wunder, das er kenne, sei eine Stadt, ganz gleich welche, weil Tausende von Wesen deren Hauptinstinkt es sei, totzuschlagen, dort Zusammenleben, ohne aufeinander loszugehen! Aber wenn der Nestor meiner Wissenschaft recht hat, sind die Gelüste, die wir als Erwachsene haben, unser ganzer furchtbarer Egoismus und alle seine Ausdrucksformen ein Nichts gegen das, was wir als Kinder waren!"

„Ja, aber da hat er nicht recht! Das ist unmöglich!" rief der Kommissar. „Oosterhout, einen Bitter!"

„Denken Sie ein bißchen nach," sagte der Doktor. „Ist nicht unsere Entwicklung, bevor wir geboren werden, ein Résumé der Entwicklung des ganzen Menschengeschlechtes? Müssen wir nicht eine entsprechende geistige Entwicklung durchlaufen? Wenn wir geboren werden, haben wir alle niedrigsten Triebe unserer Vorväter in uns. Später werden sie durch Erziehung und Zwang gezügelt, aber sie kommen wieder, und zwar wo? In unseren Träumen! Da enthüllen wir uns so, wie wir wirklich sind. Da begehen wir die Handlungen, die wir im wachen Zustand nicht zu begehen wagen! Da verfallen wir wieder in die ungezügelte Selbstbehauptung unserer Kindheit — und dieser Selbstbehauptung fehlt weder schrankenlose Besitzgier noch Eifersucht, noch Mordgier, das kann ich Ihnen versichern. Sie sehen auf all dies durch einen Schleier von dreißig, vierzig Jahren zurück und sagen, es war unschuldig! Es war unbewußt, aber es war sicherlich nicht so unschuldig, wie Sie glauben! Und der Nestor meiner Wissenschaft —"

„Ich will nichts mehr von seinen abscheulichen Behauptungen hören," sagte der Kommissar mit vibrierender Stimme. „Oosterhout, einen Bitter!"

„Es ist möglich, daß er zu weit geht," räumte der Doktor ein. „Weil man eine epochemachende Analyse begründet hat, braucht man ja noch nicht als Theoretiker unfehlbar zu sein. Nein, auch ich finde, daß er zu sehr generalisiert. Aber eines ist sicher: hätte er meinen heutigen Fall gehabt —"

„Sie kommen von Ihrem Fall nicht los. Hätten Sie etwas dagegen, mir unter Diskretion den Namen zu sagen? Oder verbietet das das Berufsgeheimnis?"

„Alles, was mir anvertraut ist, ist einem Beichtvater anvertraut. Aber ich kenne Sie ja, lieber Freund, und weiß, daß Sie nichts ausplaudern. Der Name ist — bereiten Sie sich auf eine Überraschung vor — Allan Fitzroy."

Der Kommissar stellte das Glas weg.

„*Box 526?*" fragte er.

„*Box 526.*"

Der Kommissar saß lange in tiefe Gedanken versunken da.

„Seinen Vater ermorden," murmelte er, „und —"

Er sprach den Satz nicht zu Ende, er goß seinen Bitter auf einen Zug hinunter.

Als Dr. Zimmertür und er die Bodega verließen, wurde von heiseren Stimmen das *Avondblad* ausgerufen, und eine der Überschriften veranlaßte die beiden Herren, sich eiligst jeder ein Exemplar zu kaufen.

lautete die Überschrift.

JAMES FITZROY TOT IN SEINEM OBSERVATORIUM AUFGEFUNDEN. LIEGT EIN MORD VOR?

Der Kommissar sah über den Rand seiner Zeitung hinweg den Doktor mit Augen an, in denen man wirklichen Respekt las.

Was den Doktor betraf, so war sein volles Antlitz bleich wie der Neumond geworden.

3

Dr. Zimmertür brauchte seine ganze Anspannungsfähigkeit, um am nächsten Morgen seine Ordination durchzuführen. Er hatte viele Besucher, aber keinem von ihnen gelang es, ihn nennenswert für seinen Fall zu interessieren. Der einzige Besucher, auf den er wartete, kam nicht.

War es möglich? Hatte sein junger Patient sein eigenes Problem so rasch gelöst und so — radikal? Sein ganzes Aussehen sprach dagegen. Es war das Aussehen eines Träumers. Aber wenn der Träumer aus dem Traum erwacht und der Wirklichkeit ins Auge sieht, was dann? Ja, was geschieht, wenn man einen Schlafwandler, der am Rande eines Abgrundes wandert, plötzlich weckt? Da ist die Folge gewöhnlich verhängnisvoll — aber nein, der Doktor wollte es nicht glauben, konnte es nicht glauben.

Die Artikel der Zeitungen waren so wortreich, wie man es bei einem so remarkablen Todesfall erwarten konnte, ohne jedoch viel Licht auf die Situation zu werfen.

James Fitzroy war tot in seinem Observatorium aufgefunden worden. Die ganze eine Seite des Kopfes war von einem Stein bis zur Unkenntlichkeit zermalmt. Wer diesen Stein geschleudert hatte, wußte man nicht — aber eines war sicher, daß er mit großer Kraft geschleudert und gut gezielt sein mußte.

Auf den Wandbrettern des Observatoriums befand sich eine reiche Auswahl von Steinen in verschiedenen Größen, denn James Fitzroy hatte sich auch mit Geologie befaßt. Ob einer dieser Steine verwendet worden war, wußte man nicht, denn sie lagen in ziemlicher Unordnung herum, aber wahrscheinlich war es, denn in dem Garten rings um das Observatorium fanden sich keine Steine, und ein Stein ist doch kaum eine Waffe, die man heutzutage weitere Strecken mit sich trägt. Aber wenn es auch einer von Fitzroys eigenen Steinen war, der ihn getötet hatte, erklärte dies noch nicht, wer ihn geschleudert hatte. Kein Fremder hatte an diesem Abend den Besitzer des Hauses ausgesucht, das wußten alle Hausbewohner ganz bestimmt. Und die Lage des Observatoriums machte es einem Unbekannten fast unmöglich, einzudringen, ohne gesehen zu werden.

Also?

Die Zeitungen beantworteten die Frage nicht, aber sie wußten auch nicht, was der Doktor wußte. Einen gab es, der es wußte — dank der ersten Indiskretion, deren sich der Doktor je schuldig gemacht.

Was glaubte er? Und was gedachte er zu tun?

Dr. Zimmertürs Gesicht war schlaff und gefurcht, und seine Augen hatten jede Spur von ihrer angeborenen Neugierde verloren, als er das Haus verließ, um den Kommissar aufzusuchen. Er fand ihn in der Bodega, eifrig damit beschäftigt zu rauchen, und stieß einen Seufzer der Erleichterung aus. Wenn er hier saß, war die Sache wohl nicht so ernst. Aber zwei Worte von Groot genügten, um seiner Zuversicht den Boden zu entziehen.

„Na, da sind Sie, lieber Freund," murmelte der Kommissar. „Ich war gerade auf dem Wege zu Ihnen."

„Zu mir?"

„Ja, zu Ihnen. Ich wollte Sie vorher von der Arretierung benachrichtigen, und Sie gleichzeitig bitten, mir zu glauben, daß dies in keiner Weise mit dem zusammenhängt, was Sie mir zufälligerweise erzählt haben."

Der Doktor fühlte den Schweiß an jener Stelle ausbrechen, die der Haaransatz seiner Jugend gewesen war. Er war zu überwältigt, um ein Wort hervorzubringen. Schließlich stammelte er:

„Das meinen Sie nicht!"

„Doch." Der Ton des Kommissars war klar und bestimmt, aber leise. „Es bleibt leider keine Wahl — und auch kein Zweifel. Wir haben das ganze Hauspersonal einem Kreuzverhör unterzogen, wir haben das Terrain rings um das Haus untersucht, Fenster, Türen und Böden im Hause, und alles führt, bezüglich der Identität des Mörders, zu ein und demselben Schlußsatz. Daß ein Mord vorliegt, ist sicher; denn der Mann kann sich doch im Namen allen gesunden Menschenverstandes nicht selbst so lange mit einem Stein auf den Kopf geschlagen haben, bis er sich die Hirnschale zerschmettert hat? Aber wenn er es nicht getan hat, dann hat ihn sein eigener —"Der Doktor hob beschwörend die Hand.

„Theorie ist eines, Praxis ein anderes," murmelte er. „Man kann eine theoretische Diagnose noch so oft stellen, wenn man sie eintreffen sieht, schaudert man dennoch. Und was veranlaßt Sie zu glauben, daß — daß kein anderer —"

„Hören Sie mal!" sagte der Kommissar. „Wenn Ihnen vorgestern bei Ihrer Konsultation ein klassischer Fall vorlag, so sind wir bei unserer Untersuchung auf einen ebenso klassischen Fall gestoßen. Erstens hat es vorgestern abend gegen neun Uhr geregnet, und der Boden war noch ganz feucht, als wir gerufen wurden. Aber keine einzige Fußspur war im Garten der Villa zu entdecken, und die Villa mit dem Observatorium liegt doch auf allen Seiten von Gartenbeeten umgeben da. Zweitens: das ganze Dienstpersonal, alles in allem drei Personen, war an diesem Abend zu Hause. Sie wollen einen Eid darauf ablegen, daß nach fünf Uhr, zu welcher Zeit der junge Herr Fitzroy nach Hause kam, kein Gast in das Haus eingelassen wurde. Es sind zwei ehrliche Bauernmädchen aus Friesland und ein alter, kränklicher Diener aus Walcheren, die schon seit Jahren im Hause sind.

Sie brauchen sie nur zu sehen, um zu wissen, daß die drei, nicht einmal wenn sie wollten, lügen könnten. Drittens: der junge Fitzroy benahm sich den ganzen Abend sonderbar. Als er nach Hause kam, ging er direkt in die Bibliothek hinauf, wo er sich bis zum Mittagessen einschloß. Nur mit Schwierigkeit konnte ihn seine Mutter bewegen, an der Mahlzeit teilzunehmen. Er sprach kaum ein Wort zu seinen Eltern, aber hier und da sah er seinen Vater verstohlen mit sonderbaren Augen an — das ist der Ausdruck des Stubenmädchens, nicht meiner. Viertens: ein paar Stunden nach dem Mittagessen, gegen halb zehn Uhr, hörte ihn seine Mutter zu seinem Vater hinaufgehen, der sich damals im Observatorium befand. Sie erwähnte es ohne Zögern, offenbar, um uns behilflich zu sein auszurechnen, wann der Mord verübt worden sein könnte. Der Sohn selbst gibt zu, daß er dort hinaufging und ein bißchen oben blieb, aber behauptet, daß alles in bester Ordnung war, als er wieder ging. Niemand hörte ihn hinuntergehen, aber als man James Fitzroy das nächste Mal sah, war er ein toter Mann."

Der Doktor räusperte sich.

„Das war nicht eher als am nächsten Morgen?"

„Nein. Er arbeitete oft die ganze Nacht durch, und niemand fand etwas Besonderes daran, wenn er nicht zu Bett ging."

Der Kommissar verstummte und hüllte sich in Tabaksrauchwolken. Dr. Zimmertür dachte nach. Wie immer, wenn er nachdachte, grimassierte er ununterbrochen. Und wie angestrengt er jetzt dachte, ging aus seinen Grimassen hervor, die zwei Gäste, die eben die Türe öffneten, in die Flucht jagten.

„Sie haben recht," murmelte er schließlich. „Ein klassischer Fall. Ebenso klassisch wie meiner. Aber ich will meine Klassiker verbrennen, wenn ich nicht — ja, das will ich — wann soll die Arretierung vorgenommen werden?"

„Eigentlich sollte sie schon erfolgt sein. Ich wollte Sie nur vorbereiten und Sie bitten, mir zu glauben, daß nichts von dem, was Sie mir gestern über Ihre Konsultation erzählten —"

„Sprechen Sie nicht davon! Und wenn mir das, was ich versuchen will, nicht gelingt, ist es meine letzte gewesen — das versichere ich Ihnen. Haben Sie etwas dagegen, wenn ich Sie dort hinaus begleite?"

Der Kommissar riß die Augen auf.

„Natürlich nicht, aber —"

„Und wollen Sie mir versprechen, nichts vorzunehmen, bis ich mich umgesehen habe? Das kann vielleicht eine Stunde dauern, und ich vermute, daß er unter Bewachung ist."

Herr Groot nickte bedeutungsvoll.

„Das ist er. Sie sollen Ihren Willen haben. Obgleich das, was Sie zu erreichen hoffen —"

Er beendigte seinen Satz mit einer verletzten Grimasse, der jedoch seine Augen widersprachen, in die ein Funken von erwachender Hoffnung gekommen war.

4

Die Villa sah ungefähr so aus, wie der Doktor es erwartet hatte. Ein großes Ziegelhaus in imitiertem holländischem Renaissancestil mit roten Mauerflächen und Sandsteinornamenten; das spitzige Dach wurde durch einen Turm mit einer Kuppel unterbrochen — das Observatorium. Hierher waren also alle die einfältigen oder neugierigen Briefe aus allen Ecken und Enden der Welt geströmt: Briefe, die auf die Hilfe von James Fitzroy hofften, Briefe, erfüllt von Befürchtungen, Hoffnungen — und Geldanweisungen. Hierher waren sie geströmt via die berühmte *Box 526!* Wie hatte doch die Annonce in allen halbkultivierten Zeitungen der Welt gelautet? „Wollen Sie den Schleier der Zukunft lüften? Wollen Sie wissen, welche Erfolge Ihrer harren, welche Gefahren und Schwierigkeiten auf Sie lauern, so schreiben

Sie noch heute an James Fitzroy *Box 526*, Amsterdam. Teilen Sie Ihren Geburtstag und das Jahr, in dem Sie geboren sind, mit, schließen Sie drei Gulden bei, das ist alles. James Fitzroys Hand lüftet für Sie den Schleier ..." Ein kalter, frecher Betrüger? Der Doktor hatte es immer angenommen, bis der junge Mann mit dem feinen Gesicht den Namen seines Vaters nannte ... Und nun lag der Vater tot in seinem Observatorium, und der Sohn ...

Der Kommissar klopfte ihn auf die Schulter.

„Ja, richtig, bevor wir hineingehen, muß ich Ihnen noch etwas zeigen, damit Sie alle Fakten in der Sache kennen. Was halten Sie davon?"

Er zog ein Blatt Papier aus der Brieftasche. Es war ein losgerissenes Blatt aus einem Notizblock. Quer darüber hatte ein Bleistift mit großen auseinanderstrebenden Buchstaben gekritzelt:

Die Sterne sagen meine Wiedervereinigung mit dem Zeitlosen schon für heute nacht voraus!

Der Doktor las den Zettel genau durch.

„Ist das seine Schrift?"

„Vielleicht — aber ebensogut kann es eine grobe Fälschung sein. Was meinen Sie? Ist das eine falsche Spur oder —"

„Wenn es das nicht ist," erwiderte der Doktor, „dann bleibt nur eine Schlußfolgerung."

„Und zwar?"

„Dann müssen wir unsere Auffassung von dem Mann revidieren. Dann ist er ehrlich in seinem Glauben gewesen."

„Ehrlich in seinem Glauben?"

„Ja — auf angelsächsische Manier, die Gott und Mammon ohne Schwierigkeit unter einen Hut bringt. War Brigham

Young ein Betrüger? Ohne Zweifel. Aber wenn er nicht zu gleicher Zeit ehrlich gewesen wäre, hätte er da ein ganzes Israel über einen Kontinent führen können, fünfzigmal gefährlicher als die Sinaihalbinsel? Lassen Sie uns hineingehen!"

Sie gingen hinein. Schon in der Halle stießen sie auf den jungen Patienten des Doktors. Dr. Zimmertür stutzte. Welche Veränderung! Das träumerische, aber offene Gesicht war hart und verschlossen geworden, der Blick erloschen. Der Anblick des Doktors erweckte ihn zum Leben.

Fast ohne zu grüßen, ging er auf den Gelehrten zu und fragte:

„Warum kommen Sie?"

Der Doktor deutete mit einer Geste auf den Kommissar. Allan Fitzroy fuhr im selben Atem fort:

„Ich habe etwas mit Ihnen zu sprechen. Ich hätte Sie aufgesucht, wenn nicht — wenn nicht — was meinten Sie mit dem, was Sie mich bei meinem Besuch fragten?"

„Was fragte ich?" stammelte der Doktor benommen. Er ahnte, was kommen würde.

„Sie fragten mich, ob ich irgendein Buch über Ihre Wissenschaft gelesen hätte. Das hatte ich nicht. Warum fragten Sie das?"

Sein Blick war hart und bohrend; er schien in die Tiefe der Seele des Doktors eindringen zu wollen ... Warum hatte der Doktor so gefragt? Er erinnerte sich daran, und gleichzeitig erkannte er nur zu gut, wie töricht er gefragt hatte! Er hatte den Jungen im Verdacht gehabt, irgendein psychoanalytisches Buch unter allen anderen Büchern, die er las, gelesen zu haben und hatte geglaubt, daß er sich mit den Symptomen, die er da kennengelernt hatte, interessant machen wollte — ein häufiger Fall, ein sehr häufiger Fall. Anstatt dessen war der überspannte Jüngling nach Hause gestürzt, hatte irgendein solches Buch in der Bibliothek seines Vaters gefunden, es gelesen und — wie sagte doch ein anderes Buch? — gesehen, daß er nackend war ... Nun galt es, um jeden Preis eines zu tun: die Augen zu verschließen, die sich zur Hälfte geöffnet hatten. Der junge Mensch durfte nicht glauben, daß die Fälle, von denen er gelesen hatte, seine Fälle waren; seine Gedanken mußten von diesem Gegenstand abgelenkt werden — der Schrecken, der ihm in die Glieder gefahren war, würde sie sicherlich in Zukunft davon ferne halten ... Das Gesicht des Doktors strahlte förmlich onkelhafte Gutmütigkeit aus, als er antwortete:

„Warum ich das fragte? Nur um Sie vor derartiger Lektüre zu warnen."

„Mich warnen? Glauben Sie, ich bin ein Kind, das nicht —"

„Sie sind kein Kind. Sie sind ein sehr intelligenter junger Mann. Aber wenn streng wissenschaftliche Ausbildung irgendwo unerläßlich ist, so ist es bei derartiger Lektüre. Sie wissen, wie es einem Laien ergeht, der ein medizinisches Buch liest: er glaubt, daß er sämtliche Krankheiten der Welt hat. Und was ist eine physische Krankheit mit ihren klaren Symptomen gegen eine seelische Erkrankung! Nein, junger Freund, wenn ich damals vergaß, Ihnen den Rat zu geben, so gebe ich ihn Ihnen jetzt: lesen Sie diese Art Bücher nicht, ehe Sie nicht die Voraussetzungen haben, sie zu verstehen!"

Allan Fitzroys Augen trübten sich, während der Doktor sprach. Er senkte den Blick und dachte offenbar scharf nach. Plötzlich stieß er einen tiefen Seufzer aus und sah auf. —

„Gottlob," murmelte der Doktor innerlich. „Er glaubt mir! Diese Seite der Sache ist geordnet. Aber da ist noch eine andere Seite, und die —"

„Wo ist es?" fragte er den Kommissar.

Groot führte ihn die Treppe hinauf.

Allan folgte ihnen automatisch, aber beim Observatorium angelangt, blieb er stehen. Der Kommissar schob den Doktor hinein, nachdem er noch durch das Fenster des Stiegenhauses einen Blick hinausgeworfen hatte. Zwei Männer standen Posten. Niemand konnte entkommen.

„Hier ist es," sagte er kurz. „Obgleich, was Sie zu entdecken hoffen —"

„Darf ich Sie eines fragen, lieber Freund," fiel ihm der Doktor ins Wort. „Glauben Sie, daß er schuldig ist?"

Der Kommissar schien in Verlegenheit.

„Jetzt, wo er mit Ihnen gesprochen hat, sieht er nicht mehr so sonderbar aus," gab er zu. „Früher hätte ich darauf schwören können. Aber —"

Mit einer ganz anderen Stimme fuhr er fort:

„Aber ich werde erst dann glauben, daß er unschuldig ist, wenn Sie mir beweisen, wer sonst James Fitzroy getötet hat. Niemand hat sich in das Haus geschlichen. Niemand anders als er ist in dem Zimmer gewesen, niemand anders hat irgendein erdenkliches Motiv gehabt, ihn zu töten, und er war der letzte, der ihn gesehen hat! Finden Sie einen Verbrecher, der durch verschlossene Türen gehen kann, der ohne Motiv tötet und, ohne Spuren zu hinterlassen, verschwindet, dann werde ich Ihnen glauben."

Der Doktor nickte düster. Der Kommissar hatte natürlich recht — aber immerhin, immerhin — seit er Allan gesehen hatte, war er ebenso durchdrungen davon, daß er die furchtbare Tat nicht begangen hatte, wie daß er selbst nicht der Täter war. Aber wenn Allan es nicht getan hatte, wer konnte dann — er riß eine halbe Handvoll Haare aus dem mageren Vorrat an seinen Schläfen und begann seine Untersuchungen.

Der Raum war ein Fünfeck mit einer Glaskuppel, deren Fenster nach Belieben auf- und zugeschoben werden konnten. Rings um die Wände liefen Regale mit ausgestopften Tieren, Präparaten in Glasbehältern, Muscheln und Steinen in verschiedenen Größen ... Ein richtiges Astrologenlaboratorium im alten Stil ... Mitten im Zimmer auf einem drehbaren Gestell stand ein astronomischer Tubus, und daneben lag der *Astronom* selbst unter einer weißen Decke ... Der Doktor hob die Decke, blinzelte ein paarmal dem Bild zu, das sich ihm bot, beugte sich herab und begann seine Arbeit ...

Der Kommissar beobachtete ihn ungeduldig. Von Zeit zu Zeit schlich er sich zu der Tür, um zu lauschen. Ja, Allan Fitzroy ging in der Halle draußen auf und ab. Ahnte er nicht, was ihn erwartete? Für einen Verbrecher ging er ungewöhnlich ruhig und taktfest. Der Kommissar hatte die Schritte vieler Mörder gehört, aber diese Schritte wollten nicht in sein System passen. Sollte der Doktor recht haben? Sollte es irgendeine Möglichkeit geben, die er übersehen, irgendein Schlupfloch, durch das sich ein unbekannter Verbrecher zum Hause hinein- und wieder hinausgeschlichen haben konnte? Nein! Das war unmöglich! Die Sache war überhaupt nicht diskutabel! Hier war nur eines zu tun: den Schuldigen zu packen und für seine Bestrafung zu sorgen. Alles andere war Zeitvergeudung —

„Hören Sie," begann er, „wer weiß, ob es ihm nicht einfällt, einen Selbstmord zu begehen. Jetzt gehe ich hinaus und arre —" Er hielt inne. Der Doktor hatte mit einer eigentümlich triumphierenden Geste seine Hand erhoben. Seine Augen leuchteten wie Phosphor.

„Sch!" flüsterte er. „Um Gottes willen, machen Sie keine Dummheiten! Sagen Sie mir: stand das Plafondfenster offen, als man ihn fand?"

„Dummheiten?" wiederholte der Kommissar erbittert. „Die Dummheiten, die ich in meiner Karriere gemacht habe, sind leicht gezählt. Und jetzt —" „Ich denke nicht an Ihre Karriere," flüsterte der Doktor heiser. „Ich denke an die Zukunft des Jungen. Was glauben Sie, was es für ein Gefühl ist, ungerechterweise des Mordes an seinem eigenen Vater beschuldigt zu werden? Antworten Sie mir! Stand das Fenster offen, als man ihn fand?"

„Da Sie es durchaus wissen wollen," knurrte der Kommissar, „es stand offen. Aber wenn Sie glauben, daß jemand auf diesem Wege hereinkommen konnte, ohne drunten auf der feuchten Erde Spuren zu hinterlassen — oder auf der Decke, oder auf den Fenstern —"

„Das konnte jemand!" rief der Doktor. „Sagen Sie mir, hat jemand von denen, die im Hause wach waren, ein Licht in der Luft bemerkt?"

„So, jemand ist hereingekommen, ohne Spuren zu hinterlassen," wiederholte der Kommissar. „Ist er auch in derselben Weise wieder weggegangen, wenn ich fragen darf?"

„Er ist überhaupt nicht gegangen," erwiderte der Doktor. „Antworten Sie auf meine Frage: hat niemand ein Licht in der Luft bemerkt?"

„Nicht, daß ich wüßte. Sollte der Mörder vielleicht per Flugzeug gekommen sein? Wollen Sie mir erklären wie —"

Der Doktor hörte nicht zu. Er hatte eine Zeitung aus der Tasche gerissen — eine der gestrigen Zeitungen mit den Einzelheiten über den Todesfall. Aber nicht diese studierte er. Seine Augen durchflogen die kleinstgedruckten Petitnotizen der Spalten, die on-dits und vermischten Nachrichten, mit denen man einige leere Quadratmillimeter ausfüllt. Eine kleine Notiz lautete: Nächtliches Phänomen. Er stieß einen kleinen Schrei aus.

„Ich habe es! Ich habe es!"

Das blühende Antlitz des Kommissars war so mit Ironie gesättigt, wie eine Rose mit Honig, als er erwiderte:

„So? Sie haben es? Sie haben wohl auch den Schuldigen? Sie haben den Verbrecher gefunden, der durch verschlossene Türen geht, der ohne Motiv tötet und ohne Spuren zu hinterlassen verschwindet? Wer ist es denn? Auf wen kann ich den Haftbefehl ausstellen?"

Der Doktor hob etwas vom Boden auf, was den anderen unwillkürlich zurückprallen ließ.

„Ich habe nie gesagt, daß der Verbrecher verschwunden ist," erwiderte er. „Wissen Sie, was eine chemische Untersuchung dieses Steines hier zeigen würde? Daß er aus Silikat mit eingesprengten Splittern von Nickeleisen besteht. Auf wen Sie den Haftbefehl ausstellen sollen? Ich weiß es nicht. Schreiben Sie ihn nach Belieben auf Jupiter tonans oder auf irgendeinen der zersprengten Asteroiden."

Die Augen des Kommissars waren rund wie Silbergulden.

„Sie meinen —" murmelte er, „Sie meinen wirklich, daß —"

„Ich meine, daß James Fitzroy einen seiner würdigen Tod fand," antwortete Dr. Zimmertür und legte den Gegenstand weg, den er vom Boden aufgehoben hatte. „Daß dieser Stein hier ein Meteorsplitter ist, wird jeder beliebige Chemiker in fünf Minuten konstatieren können. Aus den Tiefen der Himmelsräume kam er auf den Mann zugesaust, der mit seiner unkundigen Hand diese Tiefen zu erforschen suchte. Wenn ich mich nicht täusche, ist dies der erste konstatierte Todesfall aus wirklich überirdischen Ursachen. Aber das Rätsel ist gelöst. Gehen wir! Ich bin müde, und ich brauche etwas Stärkendes."

5

Eine Stunde später trat der Kommissar in die Bodega, wo Dr. Zimmertür mit schweren Augenlidern über einem moussierenden Glase brütete. Er setzte sich und sah seinen Freund lange schweigend an.

„Ich habe meinen Rapport abgelegt," sagte er schließlich, „der Stein ist untersucht und samt der Zeitungsnotiz über das nächtliche Lichtphänomen im Polizeimuseum deponiert. Lassen Sie mich Ihnen im Namen der Behörde und in meinem eigenen Namen danken. Aber da ist eine Sache —"

Der Doktor schlug fragend die Augenlider auf.

„Wie konnte er es voraussehen? — Erinnern Sie sich an den Zettel, den ich Ihnen zeigte? Kann man denn aus den Sternen prophezeien?"

Der Doktor lächelte.

„Und Allans Traum? Ist er nicht in Erfüllung gegangen? Kann man wahrträumen? Wir müssen uns damit begnügen post, nicht propter zu schreiben. Aber eine Sache ist wirklich seltsam, und das ist die, daß der Schlafwandler aus seinem Traum erwachte, ohne zu stürzen. Wäre das geschehen — aber ich bin jetzt für ein anderes Mal gewarnt. Ihr Wohl, lieber Freund, und danke für Ihre Anerkennung!"

EIN
FALL
VON
SCHIZOFRENIE

Die Sache nahm ihren Anfang in Beeldemakers Bodega, wie so oft zuvor. Es war ein unendlich trister Novembernachmittag. Amsterdam war ein Lagunengrund, wo versunkene Paläste sich aus Moor und Schlamm erhoben; die Luft zwischen den Giebeln der Gäßchen war dick und gelb wie Lehmwasser; die schwarzen, zitternden Äste der Bäume glichen wehenden Algenstämmen, und die Spille in den obersten Stockwerken der Häuser — Spille, mittels derer die holländischen Haushaltungen ihre Waren bekommen — glichen den Ketten und Ankerwinden einer Armada, die sich hoch über dem Lehm und Schlamm der versunkenen Handelsstadt verankert hat.

Dr. Zimmertür sank mit einem Schauer auf sein Ecksofa. „Ein Selbstmordwetter, Oosterhout!" murmelte er dem Kellner zu, und der Kellner nickte schwermütig. „Geben Sie mir eine Flasche Lacrimae Christi."

Die Lampen waren noch nicht angezündet. Man sah den Menschenstrom an dem breiten Straßenfenster vorbeigleiten, planlos starrend, wie Fische in einem Aquarium. Einige Tische weiter weg sprachen einige Geschäftsleute miteinander; die holländischen Worte kamen aus ihrem Mund wie fette Blasen, die sich aus einem Morast loslösen.

„Was für ein Land! Was für ein Land! Und was für eine Sprache!" sagte plötzlich eine Stimme neben dem Doktor. „Käse, Käse und wiederum Käse! Poesie? Wie sollten Käse Poesie verstehen können? Das einzige, was sich in ihrem Inneren regt, sind Käsemaden. Warum eroberte ein Sohn des Feuers wie Cäsar das Land der Frösche und Maulwürfe? Ja, warum? Hatte nicht ein Landsmann von ihm sowohl das Volk als auch seine Sprache beschrieben, ohne es je gesehen zu haben:

Quamquam sunt sub aqua, sub aqua maledicere temptant
Koa-Koa! Sub-sub! Das ist eure Sprache, ihr Frösche
und Maulwürfe, und Flüche sind das einzige, wozu sie sich
eignet! Verstehen Sie, mein Herr, was ich sage? Lächerlich,
wie sollte ein Holländer etwas anderes verstehen als Käse,
Diamanten und wiederum Käse!"

„Sie zitieren Ovids Verse von den Fröschen," sagte Dr.
Zimmertür belustigt, „und das ist unleugbar ein passendes
Zitat. Aber warum sitzen Sie nicht auf dem Montparnasse
und zitieren es dort?"

Neben ihm, aber tiefer in der Ecke, wo das Dunkel
schwarzbraun war wie auf einem Gemälde von Rembrandt,
leuchtete ein weißes Gesicht — ein Gesicht mit alkohol-
brennenden Augen und zerrauftem, schwarzem Medusenhaar über einer feuchtkalten Stirne. Ein großer Malerhut
lag auf dem Tisch und eine weite Kapuze mit dreizüngigen
Aufschlägen auf dem Sessel.

„Ovid, ja, er hat Holland verstanden, ohne es gesehen zu
haben. Aber er lebte auch in der Verbannung, in den Sümpfen
am Schwarzen Meer. Aber sollten Sie wirklich verstehen,
was ich sage? Unmöglich! Oder sind Sie kein Holländer?"

„Ich bin Holländer, aber ich wohne noch nicht so lange
hier wie die Frösche. Vor einigen hundert Jahren lebten
meine Vorväter in einer anderen Lagunenstadt mit klarerem
Wasser und trugen spitze Mützen und hatten ein Rad auf
dem Rocke."

„Oosterhout!" rief der Nachbar des Doktors, „einen Bitter,
aber einen großen!"

Doch da Oosterhout nicht hörte oder tat, als ob er nicht
hörte, unterließ er es, die Bestellung zu wiederholen, gleich

dem Tiger, der, wenn er seine Beute verfehlt hat, den Sprung nie wiederholt — und fuhr sogleich fort:

„Sie haben von Ovid gehört, und Sie sind Jude! Kein Zweifel, Sie sind Verleger! Sie geben klassische Schriftsteller in falschen Elzevirausgaben heraus. Wenn es einen Menschen auf Erden gibt, der ein noch roherer Materialist ist als ein gewöhnlicher Holländer, so ist es ein holländischer Verleger. Verleger! Sie sind mein natürlicher Feind, und ich erhebe mein Glas zu Ihnen, wie der Todgeweihte seine Kaffeetasse zum Scharfrichter erhebt, wenn der Halbmond der letzten Morgenröte stahlblau vor dem Fenster steht, und ein anderer Halbmond seiner auf dem zementierten Hose harrt. Ich erhebe mein Glas — aber was sehe ich! Mein Glas ist leer!"

„Oosterhout," sagte der Doktor, „einen Bitter, aber einen großen! Mein Herr, ich bin nicht Verleger, ich bin Psychopathologe."

Der Nachbar des Doktors brach in ein schallendes Gelächter aus — ebensosehr durch die Äußerung des Doktors wie durch seine Bestellung veranlaßt.

„Psychopathologe!" wiederholte er. „Immer schöner und schöner! Sagen Sie mir eine Sache: glauben Sie an die Existenz der Seele?"

„Unbedingt," antwortete der Doktor. „Denken Sie, ich werde den Zweig absägen, auf dem ich sitze?"

„Sie mißverstehen mich mit Absicht. Sie glauben an gewisse Phänomene, und Sie nennen sie seelische. Aber glauben Sie an eine Basis dieser Phänomene? Glauben Sie an einen Zusammenhang zwischen den Phänomenen? Glauben Sie mit einem Wort an die Einheit der Seele?"

„Ich brauche meine Antwort nicht zu variieren."

„Dann sind Sie ungewöhnlich schlau oder ungewöhnlich einfältig. Denken Sie an sich selbst mit fünf Jahren, mit fünfzehn Jahren, mit fünfundzwanzig Jahren zurück! Können Sie Ihr Selbst in diesen sonderbaren Wesen erkennen? Wenn Sie ehrlich sein wollen, müssen Sie es verneinen, aber Sie sind nicht ehrlich. Leben ist Sterben, das ist die ganze Sache. Wir sterben jedes Jahr, jeden Monat, jeden Tag, und es besteht keinerlei Zusammenhang zwischen uns und all den Gespenstern, die sich unserer Maske bedienen."

„Mein Herr," sagte Dr. Zimmertür, „wenn man Sie Sophist nennen würde, würde man ein blutiges Unrecht gegen Sie begehen. Sie sind tatsächlich ein Revenant, aber ein Revenant von noch älterem Datum als diese verkannten Raisonneurs der antiken Salons. Sie gehen bis auf Gorgias und die Philosophen zurück, die bewiesen, daß der Pfeil sich nicht bewegt."

„Sie erkennen mich in Gorgias wieder!" rief der Mann auf dem Sofa mit einem diabolischen Theaterlachen. „Ich gestehe, daß es mir selbst leichter fällt, mich in ihm zu erkennen als in meinem sogenannten Ich im Alter von fünfzehn Jahren."

„Aber man könnte Ihre Genealogie noch weiter zurückverfolgen," fuhr der Doktor fort. „Buddha sagte: ‚wenn das Licht ausgeblasen und wieder angezündet wird, ist dann die Flamme dieselbe oder eine andere?'"

„Sie sind wie alle Kritiker!" höhnte der Nachbar des Doktors. „Sie weisen auf Ähnlichkeiten hin, Sie finden Analogien. Aber auf den Kern der Sache gehen Sie nicht ein. Ist Gorgias widerlegt worden? Hat Buddha auf seine Frage nach dem Licht eine Antwort erhalten?"

In diesem Augenblick vernahm man die Stimme des Kellners Oosterhout:

„Jetzt zünden wir an, Herr Doktor!"

Rasch wie der böse Geist, der vor der Klarheit des Tages flieht, erhob sich der Mann in der Sofaecke, drückte sich den Hut in die Stirne und entfloh, ohne zu bezahlen. Durch die Scheibe sah der Doktor noch einmal sein alkohol- oder morphiumweißes Gesicht, wie er in der Richtung zur Kalverstraat verschwand.

„Was war denn das für eine Erscheinung?" fragte er. „Ein Dichter?"

„Ja!" Oosterhout zuckte seine breiten Schultern. „Er kommt ein paarmal im Monat her. Portaels heißt er. Würden Herr Doktor den Bitter bezahlen, oder —"

„Ich bezahle den Bitter," erwiderte der Doktor, „und geben Sie mir noch eine halbe Flasche Wein, Oosterhout."

2

„Dieser Dichter hatte offenbar recht," dachte Dr. Zimmertür, als er eine Woche später seine Morgenpost öffnete. Das ist nun mein zehntes Nein. Und dabei schreibe ich nicht einmal Verse, sondern Abhandlungen.

Er las den Brief der Firma Essig & Irgens noch einmal durch: *Wir bedauern Ihr schmeichelhaftes Angebot ablehnen zu müssen, aber die Lage auf dem Büchermarkt ist gegenwärtig eine derartige, daß kein Verleger ein Buch von so spezieller Art übernehmen kann, es sei denn, daß der Verfasser alles Risiko übernimmt und die erforderliche Sicherheit stellt.*

*Die einzige Firma, die möglicherweise zu anderen Bedin-
gungen bereit sein würde, wäre unserer Ansicht nach Solem
Biervriend, Waterlooplein. Indem wir uns der Hoffnung hinge-
ben, daß Sie mit besagter Firma zu einer befriedigenden Ver-
einbarung gelangen werden, zeichnen wir hochachtungsvoll*
   Essig & Irgens

„Warum nicht eine so exzentrische Firma aufsuchen?"
dachte der Doktor und beschloß es zu tun.

Nach beendeter Ordination machte er sich auf den Weg,
kreuzte den Rokin und den Zwanenburgwal und schlug
den Weg zum Waterlooplein ein. Einige Schritte davon
entfernt lag Joden Breestraat mit ihrem Gewühl von pitto-
resken Geschäftsleuten, schwarzäugigen Kindern und voll-
busigen Frauen mit geöltem Haar. An der Ecke lag das Haus,
das dem unübertroffenen Maler all dessen, Rembrandt
Harmensz van Rijn, gehört hatte. Und hier im Schatten
einiger herbstlich nackter Bäume lag die Behausung der
Firma Solem Biervriend.

Es war ein schmales, altertümliches Haus mit Giebel und
Spitzdach, die Vorderseite nahm ein Fenster ein, in dem
die Verlagsartikel der Firma ausgestellt waren. Es waren
nicht viele, aber sie sprachen von einer um so größeren
Vielseitigkeit. Nichts Menschliches war der Firma Biervriend
fremd. Die Auslage zeigte empfindsame Romane wie *Die
weiße Lilie;* weniger empfindsame Sittengemälde wie *Die
Schlafwagenmadonna;* patriotische Romane wie *Admiral
Tromps Flaggenschiff, Die Jugend Wilhelms des Schweigsamen;*
Detektivgeschichten: *Der Mord bei Clapham Iunction* und
Das Silberstilett; Handbücher in Bridge, Esperanto und To-
matenzubereitung; *Hundertachtzehn Kreuzworträtsel,* und

schließlich Wissenschaft: *Das Leben auf dem Mars* und *War Mohammed ein Germane?*

Dr. Zimmertür studierte blinzelnd die Einzelheiten der Auslage, bis er sicher war, daß er sie alle in sich aufgenommen hatte. Dann wendete er sich zu den nackten Bäumen des Platzes um und lachte wie ein Verrückter. Hierher gehörten also nach Essig & Irgens' Ansicht seine Abhandlungen? Das war die aufrichtigste Kritik, die ihm noch je zuteil geworden war! *Die Schlafwagenmadonna, Die weiße Lilie* und *War Mohammed ein Germane!* „Ich muß sehen, wie ein solcher Mensch aussieht!"

Er öffnete die Tür und trat ein.

Er kam in einen altertümlichen, niedrigen Laden, wo ein langer Tisch Stöße von Büchern trug, offenbar die Sortimentsbuchhandlung der Firma. *Die Weiße Lilie* und die ‚Schlafwagenmadonna' nahmen den Ehrenplatz ein; danach kamen die hundertachtzehn Kreuzworträtsel; im Hintergrund, wie es Verbrechern ziemt, lauerten *Das Silberstilett* und seine Genossen auf Käufer.

In einem Lehnstuhl hinter dem Ladentisch, mit dem Rücken zum Fenster, saß ein etwa fünfundvierzigjähriger Mann in schwarzem Talar mit Hauskäppchen und Augengläsern.

Er war unverkennbar einer von jenen, die die Landesflucht von zwanzig Jahrhunderten durchwandert haben. Sein Antlitz mit den markanten Zügen glich einer Maske; die Augen unter den schweren Augenlidern erinnerten an Juwelierfenster, vor denen der Metalladen herabgelassen ist, aber das Licht brennt und sich in den ausgestellten Edelsteinen spiegelt.

„Mynheer wünschen?"

Eine tiefe Stimme, die sicherlich viele Modulationen annehmen konnte.

Der Doktor murmelte ein paar gleichgültige Worte und begann unter den Bücherstößen zu suchen. Jeder neue Fund bestätigte das Zeugnis der Auslage. Und hier sollte er seine Abhandlung herausgeben! Plötzlich durchzuckte ihn eine barocke Idee. Warum nicht! Ja, warum nicht? Was für Verleger hatten Boerhave und andere Pioniere gehabt?

„Spreche ich mit Herrn Biervriend?"

„Ja. Was wünschen Sie?"

„Die Sache ist die — nun ja, ich habe also ein Manuskript —" er machte mit Absicht seine Stimme so unsicher als möglich.

„Was für ein Manuskript?" Die Stimme klang sofort interessiert. „Es ist wohl ein Roman — natürlich!"

„Nein, das ist es nicht."

„Wenn es ein Roman gewesen wäre, wäre die Sache auch bereits sofort erledigt. Es geht heutzutage nicht, Romane zu verkaufen. Es geht nicht, sage ich Ihnen! Die bleiben in ganzen Haufen liegen. Sie sollten mein Lager sehen — Aber wenn es kein Roman ist, dann ist es wohl eine Novellensammlung — natürlich!"

„Nein, es ist keine Novellensammlung."

„Wenn es eine Novellensammlung gewesen wäre, wäre die Sache bereits erledigt. Es ist heutzutage unmöglich, Novellensammlungen zu verkaufen, komplett unmöglich, komplett! Die bleiben in Stößen liegen, sage ich Ihnen. Sie sollten mein Lager sehen, Sie sollten es nur sehen."

Die Stimme stieg schmerzbewegt an, und vor seinem inneren Auge sah der Doktor Stöße von Büchern, etwa wie jene mittels derer man eine statistische Darstellung der jährlichen Bücherproduktion eines kleineren Landes zu geben sucht.

„Sie sollten nur sehen! Aber wenn es auch keine Novellensammlung ist, dann ist es natürlich ein Gedichtband. Und in diesem Falle, mein Herr, bedaure ich, daß es nicht ein Roman oder ein Novellenbuch ist! Heutzutage einen Gedichtband zu verkaufen, ist ausgeschlossen, absolut, absolut ausgeschlossen! Die bleiben alle miteinander liegen. Sie sollten es nur sehen, Sie sollten es sehen!"

Die Stimme stieg und stieg, und vor seinem inneren Auge sah der Doktor, wie sich Berge unverkaufter Bücher übereinandertürmten, bis sie einer graphischen Darstellung der gesamten Bücherproduktion Deutschlands in einem Jahr glichen.

„Es ist kein Gedichtband," beeilte er sich einzuwerfen. „Es ist eine wissenschaftliche Abhandlung."

Die Stimme verstummte jäh. Herr Biervriend machte eine Kunstpause und stürmte dann zu einem letzten Crescendo vor.

„Eine Abhandlung! Aber mein bester Herr, man kann die erstklassigsten Abhandlungen herausgeben, niemand liest sie, niemand kauft sie! Sehen Sie her, diese Abhandlung *Rätselhafte Todesfälle,* die ist ausgezeichnet, sage ich Ihnen, erstklassig; aber liest sie ein Mensch? Kauft sie ein Mensch? Und diese Abhandlung über *Die letzte Reise nach Cythera!* und diese *Über das Geheimnis der großen Pyramide.* Und diese *Eine Erklärung des Lebensrätsels für alle.* Und diese *War Mohammed ein Germane?* Werden sie gelesen? Werden sie gekauft? Nein! Wie heißt Ihre Abhandlung, mein Herr?"

„Hier ist sie," sagte der Doktor halb betäubt, „sie ist vielleicht nicht so gut wie die anderen, aber —"

Der Verleger blätterte hastig darin.

„Ein paar Worte über die *Ödipustheorie*," zitierte er. „Was ist das, die *Ödipustheorie*?"

Dr. Zimmertür orientierte ihn mit einigen Worten über den Inhalt der Theorie. Solem Biervriends Augen glitzerten.

„Aber das ist ja ebensogut wie *Die letzte Reise nach Cythera!*" rief er. „Was sehe ich? Sie können Träume deuten, mein bester Herr?"

„Ich versuche es mindestens."

„Das ist erstklassig! Das ist ausgezeichnet! Schizofrenie! Was ist das, Schizofrenie?"

Der Doktor erklärte den Begriff der Schizofrenie mit einigen Worten. Der Verleger legte das Manuskript entschlossen in eine Lade.

„Es ist nicht unmöglich, daß ich Ihre Abhandlung nehme. In vierzehn Tagen oder einem Monat bekommen Sie Bescheid."

Dr. Zimmertür nickte. Sie kann ja ebensogut hier liegen wie in meiner Schreibtischlade, dachte er und schickte sich an zu gehen, als er auf dem Ladentisch ein Heftchen erblickte, das bis dahin seiner Aufmerksamkeit entgangen war. *Das Gold und das Feuer,* las er, *Gedichte von Ferdinand Portaels.* Der Mann aus der Bodega! Er erstand den Gedichtband, ohne zu fragen, ob er viel verkauft wurde, aber ward nichtsdestoweniger bis auf die Straße hinaus von Solem Biervriends Versicherungen verfolgt, daß dies das erste Exemplar war, das er verkaufte, und sicherlich das letzte, das er verkaufen würde.

3

Das Selbstmordwetter dauerte an. Tag für Tag lag der Nebel wie ein nasses Tuch über Amsterdam. Eines Abends, ungefähr eine Woche darauf, kam Dr. Zimmertür wieder in Beeldemakers Bodega und fand dort seinen alten Freund, den Kommissar Groot.

„Was sagen Sie?" knurrte der Doktor. „Ist das noch Luft, was man da in die Lungen kriegt? Ist das ein Land, in dem man leben kann? Dieser Dichter hatte wirklich recht, das ist das Reich der Frösche und Maulwürfe."

„Welcher Dichter?"

„Einer, den ich vor drei Wochen hier traf. Selbst verteidigt er sich gegen das Klima, indem er Gedichte über das Gold und das Feuer schreibt. Wenn man sie liest, könnte man glauben, daß er Pyromane ist."

„Was geben Sie heute abend für ein Erlebnis?" fragte der Kommissar plötzlich.

„Das gleiche wie der Kalif — alles, bis zur Hälfte meiner Besitztümer."

„Aber es kann gefährlich werden, das sage ich Ihnen im vorhinein."

„Und ich antworte mit einem Freund von mir: Was weiter, wenn wir nur etwas Neues finden!'"

Sie vertrieben sich auf verschiedene Weise die Zeit, bis das Glockenspiel des Münzturmes elf rapportierte. Präzise zehn Minuten über elf trafen sie an der Ecke des Rokin zwei Polizeibedienstete in Zivil und wanderten in ihrer Gesellschaft zum Hafen hinunter. Bei dem herrschenden Wetter war es schwer zu entscheiden, wo die Luft aufhörte und das Wasser anfing; das rhythmische Anschlagen der Wellen an die Pfähle klang wie die Seufzer von Ertrinkenden. Plötzlich merkte der Doktor, daß sie angelangt waren.

Sie standen in einem krummen Hintergäßchen mit neuerbauten, aber schon verfallenen Häusern, von deren Fassaden die Nässe in Strömen herabrann. Hier und dort kam aus dem Erdgeschoß Licht aus obskuren Schenken, und eine davon, die obskurste, schien ihr Ziel zu sein. Gleich dem Bau des Fuchses hatte sie wenigstens zwei sichtbare Eingänge. Der Kommissar postierte seine zwei Untergebenen vor dem einen Eingang, sich selbst und den Doktor bei dem anderen und überzeugte sich, daß die Straße leer war, bevor er das Signal gab. Er riß die Tür mit einem Ruck auf und zog den Doktor mit hinein. Der Übergang von wasservermischter Luft zu feuerwasservermischter Luft war für ungewohnte Lungen überwältigend. Noch fast auf der Schwelle wurde der Doktor von einem intensiven Hustenanfall gepackt. Seine Augen begannen zu rinnen, und er konnte nicht einmal die Rolle eines Zuschauers befriedigend spielen. Er sah ein Zimmer, voll von Männern in Matrosenkleidung und anderen Trachten. Einige hatten sich von den Stühlen erhoben, andere hatten die Stühle zur Verteidigung erhoben; es klirrte von Flaschen, die zu Boden fielen, und es knisterte von Gläsern, die zertreten wurden. Durch den Tabakrauch, der in dicken Schwaden über das Schlachtfeld trieb, sahen seine rinnenden Augen undeutlich ein Gesicht, das er zu kennen glaubte: ein alkoholweißes Gesicht mit geringeltem, schwarzem Medusenhaar, halb von der Kapuze eines Radmantels umrahmt. Es währte nur einen Augenblick; denn plötzlich erlosch das Licht, und alles wurde zum Chaos. Der rundliche Körper des Doktors empfing eine unbestimmte Anzahl Stöße und Schläge, und er machte Bekanntschaft mit vielen holländischen Worten, die er bis zu diesem Augenblick nie gehört hatte. Er konstatierte, daß, wenn nichts so unangenehm ist, als im Dunkeln gehenkt zu werden, es jedenfalls auch recht unangenehm ist, im Dunkeln von Personen, die vermutlich für die erwähnte Todesart reif sind, hin und her geschleudert zu werden. Endlich fand jemand den elektrischen Kontakt, und der Saal lag wieder im Licht da. Aber die Sinne des Doktors hatten nicht getrogen, als sie ihm den Eindruck vermittelten, daß der größte Teil der Gäste den Weg zum Ausgang über seine Füße genommen hatten, denn das Licht schien auf ein fast leeres Café. Unter den zurückgebliebenen Gästen war offenbar keiner, der den Kommissar interessierte. Mit einem Wutgebrüll schickte er seine Untergebenen Hals über Kopf auf die Straße hinaus und stürzte sich selbst in die rückwärtigen Regionen der Schenke. Aber es war vergebens, und bald darauf verließen sie das Café in der Koningstraat mit ebenso leeren Händen, wie sie es betreten hatten.

„Wer war das, den Sie da holen wollten?" fragte der Doktor, als er die Zeit für diese Frage reif fand.

„Ein Schurke, auf den ich schon lange spitze," brüllte der Kommissar. „So lange, daß ich vor dem ganzen Korps zum Gespött werde, wenn ich ihn nicht bald erwische. Ein Pyromane, da Sie es wissen wollen, der zwanzig Häuser hier in der Stadt mit größerem oder geringerem Resultat angezündet hat! Und er war da, ganz wie man es mir rapportiert hatte. Haben Sie ihn nicht gesehen? An einem

Tisch mitten im Saal! Wie er entkommen konnte, ist mir ein Rätsel, das ich —"

„Ich weiß, welchen Weg er genommen hat," sagte der Doktor und blickte auf seine mißhandelten Füße hinunter. „Vermutlich habe ich ihn auch gesehen. Aber meine Eindrücke waren nicht so klar, wie ich es gewünscht hätte. Wie sieht er denn aus?"

„Er saß mitten im Saale, wie ich Ihnen sage! Ein Mann mit schwarzem Haar in einem großen Radmantel!"

Der Doktor verstummte plötzlich und sah blinzelnd in das Licht einer Bogenlampe.

„Ein Mann mit schwarzem Haar in einem Radmantel!" wiederholte er. „Aber das ist ja mein Freund, der Dichter!"

„Ihr Freund, der Dichter? Unmöglich!"

„Dasselbe sage ich, wenn auch aus einem anderen Grunde. Ein Mann, der Gedichte über das heilige Feuer schreibt und die Parsen preist, weil sie ihre Toten nicht verbrennen wollen — der sollte Pyromane sein?"

Kommissar Groot starrte seinen Begleiter lange grübelnd an. Schließlich zuckte er mit ingrimmiger Miene die Achseln.

„Ist er es, dann wollen wir es bald herausbekommen! Er muß doch schließlich einen Verleger und eine Adresse haben, und der Verleger muß doch seine Adresse kennen."

„Er hat einen Verleger," erwiderte der Doktor. „Ich kenne ihn sogar, und ich muß schon sagen, wenn er auch nur die Hälfte der Bücher liest, die er herausgibt, so muß seine Seele wie ein Kreuzworträtsel aussehen — übrigens gibt er auch Kreuzworträtsel heraus."

„Können Sie mir seinen Namen und seine Adresse sagen? Ich werde bei ihm sein, sowie er morgen früh aufsperrt."

Der Doktor gab ihm Solem Biervriends Behausung an, und kurz darauf trennten sich die beiden Freunde.

Aber wenn der Kommissar den Verlag, sowie er nur aufgesperrt wurde, zu besuchen gedachte, so gab es offenbar andere Personen, die ihren Besuch nicht solange aufschoben. Das war wenigstens Dr. Zimmertürs Gedanke, als er am nächsten graugelben Morgen seine Zeitung aufschlug. Denn die erste Rubrik, die er sah, lautete:

GROSSER BRAND IN DER INNEREN STADT

BIERVRIENDS VERLAG TOTAL EINGEÄSCHERT

4

Die Brandstätte bot einen traurigen Anblick. Feuer und Wasser hatten ihren Krieg gründlich und unerbittlich geführt. In den verrußten Mauern, deren Balken wie gebrochene Knochenröhren hervorstanden, klafften die Fenster wie schwarze Brandwunden; aber der ganze vordere Teil des Gebäudes war zu einer Masse von Mörtel, verbranntem Holz und verkohltem Papier zusammengesunken. Und wie ein Uhu flatterte unter diesen Ruinen Solem Biervriend hin und her, angetan mit seinem schwarzen Talar, seinem Hauskäppchen und seinen Schildpattaugengläsern. Seine Augen starrten, und seine Lippen bewegten sich, aber er sprach nichts und antwortete kaum auf die Fragen, die der Kommissar Groot und der Vertreter der Versicherungsgesellschaft an ihn richteten.

„Wenn es in alten Häusern brennt!" zitierte der Kommissar und schüttelte dem Doktor die Hand. „Er selbst wurde gerade noch in der letzten Minute gerettet!"

„Hat er in dem Hause gewohnt?"-

„Ja. Draußen, nach der Straße zu, hatte er seinen Laden, dann kam das Lager, und ganz drinnen lag sein Zimmer. Das obere Stockwerk war ausschließlich Lagerraum. Er sprang im letzten Augenblick zum Fenster hinaus, aber nur, um wieder zur Tür hineinzustürzen und den Versuch zu machen, etwas zu retten."

„War das Haus hoch versichert?"

„Eher zu niedrig. Fünfzigtausend Gulden."

„Und das Lager?"

„Nicht einmal so hoch. Nein, einen Profit hat er nicht dabei."

Solem Biervriends Stimme erhob sich plötzlich zu einem Heulen, einem Schmerzgebrüll. Er ballte seine Hände gegen den Himmel, er zerriß seinen schwarzen Talar. Der Doktor trat auf ihn zu, um ihn zu trösten.

„Erkennen Sie mich, Herr Biervriend?"

Merkwürdigerweise ließ der bloße Anblick des Doktors seine Klagen verstummen.

„Ja, ja!" rief er. „Sie sind derjenige, der mir eine Abhandlung gegeben hat. Ach! Wenn das nicht geschehen wäre, ich hätte sie ganz bestimmt herausgegeben. Ein herrliches Werk! Was kann man nicht alles daraus lernen!"

„Ich vermute, sie ist mit allem anderen verbrannt," sagte der Doktor, gegen seinen Willen von einer Anerkennung selbst von dieser Seite angenehm berührt.

„Glauben Sie das nicht, Herr Doktor. Ich habe sie in meinem Schlafzimmer, und sie ist ganz unversehrt. Aber meine anderen Bücher, Herr Doktor, und mein Kontor und mein Lager! Ach! Ich werde nie mehr Verleger!"

Er schlug schluchzend seine Hände gegen die rußigen Mauern, während halbverbrannte Reste der Schlafwagenmadonna, des Silberstiletts und der hundertachtzehn Kreuzworträtsel um seine Füße wirbelten. Es war ein grotesker und dabei rührender Anblick, und der Doktor stocherte geniert mit seinem Spazierstock in dem Matsch herum.

„Hat Ihnen vielleicht irgendein Teil meines Buches besonders gefallen?" fragte er, um etwas zu sagen. Er war ein wenig erstaunt, als der Verleger seine Klage an der Mauer sofort unterbrach, um zu antworten:

„Alles darin ist schön, Herr Doktor, aber was mir am besten gefallen hat, das war der Teil über — wie war es doch — Skizzo —"

„Schizofrenie?"

„Ganz richtig!" Die Stimme schien plötzlich um eine ganze Oktave zu sinken, und die kohlschwarzen Augen bekamen einen fernen, beinahe visionären Glanz.

„Wie Sie das schildern, daß die Seele sich spalten kann wie eine Zelle, und wie die beiden Teile um die Herrschaft miteinander kämpfen — da begriff ich das Leben besser, da verstand ich erst die Kämpfe, die in unserem Inneren toben. Ist das nicht wie der Kampf, der heute nacht hier getobt hat? Sind nicht Feuer und Wasser im Innersten verwandt, und wie haben sie nicht hier gekämpft? Aber der Schauplatz aller Kriegsführung wird in Grund und Boden zerstört."

Der Doktor hörte mit einem Gefühl des Staunens zu, dem er keinen Ausdruck geben konnte, denn im selben

Augenblick kamen sein Freund Groot und der Versicherungsbeamte heran.

„Ich habe meine Untersuchungen beendet, Herr Biervriend," sagte der Kommissar, „und ich habe ein paar Fragen an Sie zu richten."

Der ferne Glanz in den Augen des Verlegers erlosch plötzlich; er verbeugte sich eifrig und antwortete mit seiner gewöhnlichen Stimme:

„Ja, gewiß! Herr Kommissar, fragen Sie nur, Herr Kommissar. Alles, was ich tun kann, um Ihnen zu helfen, den Schuldigen zu ermitteln, soll geschehen."

Der Kommissar nickte nachdenklich.

„Sie sind überzeugt, daß das Feuer gelegt worden ist?"

„Wie sollte es denn sonst entstanden sein, Herr Kommissar? Habe ich dieses Haus zehn Jahre gehabt, um es dann anzuzünden? Lösche ich nicht selber jeden Abend alle Lichter aus? Gehe ich nicht von oben bis unten durch das Haus, bevor ich mich zu Bett begebe? Das Feuer ist gelegt."

„Sie haben recht," gab der Kommissar langsam zu. „Das Feuer ist gelegt. Darüber ist kein Zweifel. Ich habe drei verschiedene Zündstellen konstatiert. Es ist also heute nacht gelegt worden, während Sie schliefen. Schlafen Sie tief?"

„Ich schlafe den Schlaf des Gerechten."

„Hat jemand außer Ihnen noch Zutritt in das Haus?"

„Niemand, Herr Kommissar."

„Dann ist es also durch ein Fenster bewerkstelligt worden. Bei einem solchen Nebel, wie wir ihn gestern abend hatten, ist es nicht schwer gewesen, das unbemerkt zu tun. Aber nun kommt meine wichtigste Frage: haben Sie Anlaß, eine bestimmte Person zu verdächtigen?"

Solem Biervriends Augen leuchteten wie Glut unter der Asche.

„Verdächtigen, Herr Kommissar," zischte er. „Verdächtigen! Wen sollte ich verdächtigen? Ich bin ein Mann des Friedens, der ohne andere Feinde lebt als jene, die sein Beruf ihm verschafft. Wen sollte ich verdächtigen?"

„Ihr Beruf?" wiederholte Groot mit emporgezogenen Augenbrauen. „Schafft Ihr Beruf Ihnen denn Feinde?"

Solem Biervriends Stimme wurde schrill.

„Sind nicht Schriftsteller und Verleger Feinde von Natur aus wie Feuer und Wasser? Führen sie nicht einen ewigen Kampf um die Übermacht, wenn sie auch voneinander abhängig sind?"

„Hm," meinte der Kommissar, „aber bis zu ‚Flammenwerfern' pflegen sie doch wenigstens in ihrer Kriegsführung nicht zu gehen."

Solem Biervriend schwieg, aber sein Gesichtsausdruck sprach Bände.

„Ich habe mir schon meine spezielle Theorie über die Feuersbrunst gebildet," fuhr der Kommissar fort, „aber um alle Möglichkeiten in Betracht zu ziehen, will ich Sie noch eine Sache fragen: Kann irgendein Mensch einen ökonomischen Vorteil von dem Brand gehabt haben?"

Zur Antwort zog Solem Biervriend einen Bogen Papier aus einer seiner Taschen. Es war ein gedrucktes Kontraktformular. Er wies stumm auf einen Paragraphen, den der Doktor über seine Schulter mitlas:

Auflagen, die durch Feuer, Wasser oder andere äußere Einwirkungen zugrunde gehen, müssen vom Verleger neu gedruckt oder als verkauft honoriert werden ...

„Nicht alle Länder haben eine solche Bestimmung, Herr Kommissar, aber wir in Holland haben sie."

Groot stieß einen Pfiff aus.

„Hm. Und alle Bücher gehen ja nicht gleich gut. Romane und Novellen gehen ja noch so halbwegs, nicht wahr? Aber Gedichte?"

Solem Biervriend zuckte die Achseln, ohne zu antworten, aber seine Augen brannten.

„Welche Dichter haben Sie in Ihrem Verlag?"

In diesem Augenblick näherte sich ein unerwarteter Gast der Brandstätte. Es war ein Briefträger, der sich erst Zeit ließ, die Ruinen zu betrachten, bevor er Solem Biervriend einen Brief überreichte. Der Verleger las ihn mit zitternden Nasenflügeln und reichte ihn schweigend dem Kommissar.

„Herrn Verleger Biervriend!

Ich habe von dem Brande gelesen. Kontraktgemäß müssen Sie beschädigte Auflagen entweder honorieren oder Neudrucken.

Da Sie vermutlich die Druckerpressen lieber für die Schlafwagenmadonna als für wertvolle Literatur in Gang setzen, bitte ich, mein Honorar bereitzuhalten.Ferdinand Portaels."

Der Kommissar schlug die eine Faust gegen die andere.

„Die ganze Untersuchung war eigentlich überflüssig — wo wohnt er? Geben Sie mir seine Adresse. Rasch!"

Schnaufend wie ein Dackel im Wettlauf mit zwei großen Doggen folgte Dr. Zimmertür den Vertretern der Gerechtigkeit und der Versicherungsgesellschaft.

5

Der Dichter des Goldes und des Feuers wohnte Amstelstraat 19, das stimmte, aber er war nicht zu Hause. War er nie zu Hause?

Doch, ziemlich oft, aber augenblicklich gerade nicht. Gestern abend gegen neun Uhr war er zuletzt sichtbar gewesen, aber später hatte er sich, wie in der Wohnung unten behauptet wurde, an andere Sinne gewendet, war also auch bei Nacht eine Zeitlang zu Hause gewesen. Wann er wieder fortging, hatte niemand beobachtet, auch nicht, wohin er gegangen war, aber man konnte die Lücken seines Wissens mit Hypothesen ausfüllen, wie es die Wissenschaft ja immer tut. Wo Herr Portaels aß? Aß er überhaupt? Vermutlich, aber die Bewohner des Hauses hatten ihn ebensowenig bei diesem Akt überrascht, als sie je ein lebendes weißes Einhorn überrascht hatten. Hingegen trank er zweifellos, und alle Gasthäuser der Nachbarschaft konnten sich seiner Protektion rühmen, aber andere Details über seine Gewohnheiten würden dort kaum zu erfahren sein und auf jeden Fall keine Elogen.

Mit diesem Bescheid wieder auf der Straße angekommen, trennten sich die drei Nachforscher. Der Vertreter der Versicherungsgesellschaft legte die Sache in Herrn Groots Hände und ging heimwärts. Der Kommissar machte sich auf, um der Reihe nach die erwähnten Gasthäuser zu untersuchen, und Doktor Zimmertür begab sich in Beeldemakers Bodega.

„Haben Sie das Interesse an der Sache verloren?"

„In keiner Weise, lieber Groot. Aber ich habe mir eine Theorie gebildet."

„Und darum halten Sie es für unnötig, Nachforschungen anzustellen?"

„Ja."

„Worauf haben Sie Ihre Theorie aufgebaut?"

„Das werde ich Ihnen sofort sagen. Haben Sie Ibsens Briefe gelesen?"

„Nein."

„Sie handeln nur von ökonomischen Dingen. Er hat den ökonomischen Imperativ in das Verhältnis der Dichter zu den Verlegern eingeführt. Soweit war die Sache ganz in Ordnung. Aber wenn ein Verleger plötzlich anfängt — allerdings, wenn ein Verleger dem Volke angehört, das sowohl Trotzki wie Rothschild geboren hat — ja, ich gehe in die Bodega."

Der Kommissar starrte ihn an.

„Wollen Sie sich nicht ein bißchen deutlicher erklären?"

„Nein, denn meine Theorie kann falsch sein, und dann würde ich den Lauf der Gerechtigkeit hindern, wenn ich Ihre Untersuchungen hinderte. Wir treffen uns in der Bodega."

So geschah es. Gegen sieben Uhr abends fand Groot seinen Freund bei einer halben Flasche Wein, während die zwei Flaschen, die vorangegangen waren, durch ihre Kapseln markiert wurden.

„Es ist aber wirklich höchste Zeit, daß Sie kommen," sagte der Doktor, „man wird von diesem Vesuvwein hungrig. Wenn Sie ihn nicht gefunden haben, lade ich Sie zum Diner ein."

„Danke," antwortete der Kommissar düster. „Von meiner Seite liegt kein Hindernis vor."

„Und nach dem Diner," fuhr der Doktor fort, „wird es mir ein Vergnügen sein, Ihnen ein Lokal zu zeigen, das Sie sicherlich noch nie gesehen haben."

„Und was macht Ihre Theorie?"

„Über die können wir dort debattieren!"

Mehr konnte Groot aus seinem Freund nicht herausbringen, dessen Antlitz wie ein frisch geprägtes Zehnguldenstück strahlte. Sie dinierten im Trianon, und nach beendetem Diner nahmen sie ein Auto zu einer Adresse, die der Doktor dem Chauffeur flüsternd mitteilte. Es war jedoch kein ungewöhnlicheres Ziel als der Königliche Palast.

„Gedenken Sie mich bei Hofe vorzustellen?" fragte der Kommissar mißtrauisch. „Oder halten Sie mich zum besten?"

„Warten Sie ein bißchen, warten Sie ein bißchen!" ermunterte ihn der Gelehrte und führte ihn an der Schloßfassade vorbei in die kleinen Gäßchen, die zwischen dem Nieuwe Vorburgwal und dem Nieuwe Dijk gehen. Vor einem altertümlichen Hause in einem der engsten Gäßchen blieb er stehen, trat durch ein offenes Tor ein und ging voran in den Keller hinunter.

„Hier muß es sein, wenn ich mich nicht irre," sagte er.

„Sind Sie noch nie hier gewesen?"

„Nein. Ich habe von dem Etablissement nur gehört."

„Was ist das für ein Etablissement?"

„Das werden Sie gleich sehen."

„Hat es irgendeinen Namen?"

„Einen bezeichnenden Namen sogar. Es heißt *Das gelbe Fieber.*"

Er öffnete eine Türe und zog den Kommissar mit. Groot stieß einen Ausruf aus.

Er stand in einem Gewölbe, das von schweren Pfählen getragen wurde. Die schon von Natur aus triefenden Mauern waren mit schimmligen Wassertieren in haarsträubendstem

Expressionismus bemalt, Aale, Muränen, Zitterrochen, Wasserspinnen und Bazillen in ganzen Horden. Wovon diese Tiere lebten, war auch angedeutet; es waren die Kunsthändler, Agenten und Verleger der Stadt. Die Pfähle teilten den Raum in eine Art von Höhlen. In eine derselben, aus deren Öffnung ein Bündel enormer Tintenfischfühler sich herausringelten, führte der Doktor seinen Begleiter, nachdem er noch einen vorsichtigen Blick in die anderen *Höhlen* geworfen hatte.

„Was um Himmels willen ist das für ein Lokal?" fragte Groot.

„Eigentlich eine höchst banale Kiste," erwiderte der Doktor. „Einige unzufriedene Nachfolger von Van Gogh fanden, daß sie einen Zufluchtsort brauchten, wenn sie zu Hause in Amsterdam waren, und so kleksten sie dies hier nach besten Pariser Mustern zusammen. Hier treffen sie einander, um auf das Klima zu schimpfen, das sie an den Wänden symbolisiert haben, auf die Kunsthändler und sämtliche anderen Maler. Hier treffen sie mit Schriftstellern zusammen, die Herkommen, um auf andere Schriftsteller, auf die Verleger und das Klima zu schimpfen. Ach was, sieht das Personal so aus! Lassen wir uns eine Flasche weißen Burgunder geben!"

Ein Kellner in imitiertem Taucheranzug nahm die Bestellung entgegen. Der Kommissar gab sich eine Zeitlang dem Studium des Lokals hin, aber so nach und nach wurde er nervös.

„Was machen wir eigentlich hier?" fragte er ungeduldig. „Das Lokal ist ja ganz lustig, aber ich habe andere Dinge zu —"

„Unsere Zeiten sind nicht seine Zeiten," erwiderte der Doktor. „Aber ich müßte mich sehr täuschen, wenn unsere Wege heute abend nicht seine Wege wären."

„Wessen? Portaels? Wenn ich auf eine Sache schwören möchte, so wäre es, daß er sich jetzt bereits eine Adresse im Ausland verschafft hat."

„Schwören Sie nicht — sch! sch!"

In der Höhle nebenan hörte man plötzlich stürmische Stimmen. Vermutlich warm Gäste durch irgendein Hintertürchen hereingekommen, jedenfalls waren es Stammgäste. Sie riefen durcheinander, aber eine Stimme war lauter als die anderen:

„Quamquam sunt sub aqua, sub aqua maledicere temptant. Wir, die wir uns im Reiche der Frösche befinden, sollen wir schlechter sein als die Frösche! Laßt uns unseren Erbfeinden fluchen! Heute nacht ist der Verlag abgebrannt, und ich bekomme endlich für meine Gedichte bezahlt. Dobbel-man! Dob—bel—man!"

Der Doktor kniff den Kommissar beruhigend in den Arm. Der Kellner im Taucheranzug kam, aber ohne Eifer.

„Her mit was Trinkbarem, Dobbelman!" riefen die Stimmen. „Portaels' Verlag ist abgebrannt, und er kriegt für seine Verse bezahlt! Verdammtes Sauglück! Her mit allem, was das Haus zu bieten hat."

„Her mit dem Geld," sagte der Kellner bestimmt.

„Raus mit dem Geld, Portaels!"

Eine Pause folgte, während der der Dichter Portaels offenbar seine Taschen resultatlos untersuchte. Hierauf hörte man seine sehr unsichere Stimme:

„Ich habe das Geld noch nicht. Aber morgen — morgen muß mein Feind damit Herausrücken — und dann, Dobbelman, dann — es steht im Kontrakt, er muß, Dobbelman —"

„Dann warten wir bis morgen," stellte Dobbelman ruhig, aber bestimmt fest und entfernte sich.

Ein Sturm erhob sich in der Höhle. Stimmen riefen Dobbelman zu, etwas Trinkbares zu bringen, Portaels, mit Geld herauszurücken, Dobbelman, vernünftig zu sein, und Portaels, sich dorthin zu verfügen, wo es noch nie etwas Feuchtes gegeben hat. Plötzlich brachen die Stimmen ab. Man hörte Schritte, die sich entfernten. Der Kommissar sprang auf, mit bleichem Antlitz, die Hände des Doktors umklammerten seinen Arm. Sie beugten sich beide vor, um in die Höhle nebenan zu sehen.

„Sch! Sch!"

Aber seine Warnung war überflüssig. An dem Tisch saß ein einsamer Mensch, zusammengesunken. Sein Gesicht grimassierte wild, und seine Lippen murmelten, aber er hörte und sah sie nicht. Sie hingegen sahen ihn ganz deutlich; es war der Dichter und Feueranbeter Portaels, der dort drinnen saß, verlassen von seinen Freunden, weil er noch nicht das Honorar vom Verlag Biervriend beheben konnte, den er selbst angezündet hatte. Der Kommissar machte eine Bewegung, wie um auf ihn loszustürzen, aber wieder hielt ihn der Doktor mit einem Flüstern zurück:

„Sch! Warten Sie!"

„Worauf soll ich noch warten?" murmelte Groot erbittert zurück, aber der Doktor formte nur die Worte: „Ein paar Minuten!" mit den Lippen. Minute um Minute verging. Es ereignete sich nichts anderes, als daß die Grimassen des Dichters Portaels matter wurden. Sein Kopf sank auf die Brust, seine Atemzüge wurden regelmäßig. Es war offensichtlich, daß der Dichter Portaels sich jenem Laster hinzugeben gedachte, das er niemals in seiner Wohnung betrieb: zu schlafen. Nun hörte man ein erstes dumpfes Röcheln; eine unsichtbare Hand schien über sein Gesicht hinzustreichen; die Züge glätteten sich, wurden ruhig, hierauf schlaff — und mit einem Male richtete sich der Kommissar zu seiner vollen Höhe auf. Nun war er es, der den Doktor beim Arm packte. Er starrte den kleinen rundlichen Gelehrten wie einen Hexenmeister an, und mit halb erstickter Stimme murmelte er einige nicht gerade besonders logische Worte:

„Aber — aber das ist ja unmöglich! Was meinen Sie? Das ist nicht möglich!"

„Glauben Sie, was Ihre eigenen Augen Ihnen sagen, oder glauben Sie es nicht?"

Der Kommissar strich sich über die Stirne.

„Woher wußten Sie es? Sagten es Ihnen Ihre Augen?"

„Nein — die täuschte er! Und ich hätte auch nie Verdacht gefaßt, weil ein Schriftsteller einen solchen Geschäftsbrief schreibt. Ich habe Ihnen schon gesagt, warum. Aber als der Verleger der Schlafwagenmadonna und der Kreuzworträtsel tragisch zu werden begann und mir den Kampf in der Brust des Menschen beichtete — da wurde ich stutzig. Da ging es mir auf, daß man eins zu eins legen kann, ohne daß zwei daraus wird — und daß es allerdings viele Arten gibt, sich ein Alibi zu verschaffen, aber daß bisher noch niemand darauf gekommen ist, sich ein Alibi in der Seele eines anderen zu verschaffen! Und da —"

„Sch! Sch!" flüsterte der Kommissar, „er erwacht."

„Einen Augenblick," flüsterte der Doktor zurück. „Lassen Sie mich vorangehen! Kommen Sie erst in einer Sekunde nach."

Er machte sein freundlichstes Gesicht und ging in die Höhle nebenan, deren einsamer Inhaber eben sein verwirrtes Antlitz von der Brust erhob.

„Guten Abend, Herr Portaels," grüßte er freundlich. „So ein Wetter, so ein Wetter! Sie haben wirklich recht, das ist das Reich der Frösche, Herr Portaels!"

Das Gesicht vor ihm nahm im Laufe eines Augenblickes die Falten an, die es vor dem Schlummer gezeigt hatte.

„Sie müssen entschuldigen, wenn ich Sie im Augenblick nicht gleich erkenne," begann der Dichter. „Sie finden mich gerade im Begriff, den schmerzlichen Prozeß des Nüchternwerdens durchzumachen. Eine Art, ihn zu erleichtern, wäre, wenn Sie —"

Er unterbrach sich. Kommissar Groot war eingetreten, und sein Gruß lautete:

„Guten Abend, Herr Biervriend, guten Abend. Besuchen Sie solche Lokale, Herr Biervriend? Wohl um den Schmerz über den Brand zu vergessen, kann ich mir denken!"

Im Laufe einiger Augenblicke veränderte sich das Gesicht vor ihnen total. Die spasmodischen, verbitterten Züge des Dichters Portaels verschwanden, als hätte man ihm einen Schwamm mit einem Beruhigungsmittel über Nase und Mund geführt, und ein düsteres, ernstes Prophetenantlitz betrachtete den Kommissar. Aber nach einem hastigen Seitenblick auf den Doktor verschwand die Prophetenmaske. Das Gesicht war wieder das Portaels', nicht nur in den Einzelheiten, den vibrierenden Nasenflügeln, den zuckenden Augenbrauen, den stechenden Augen und dem übersensitiven Mund, nein, die Gesichtskontur selbst wurde eine andere. Das Gesicht durchlief eine letzte Evolution, und plötzlich war es zwischen den Händen des Mannes begraben. Und Herrn Biervriends Stimme schluchzte:

„Ach, Herr Doktor, Herr Doktor! Ich unglückseliger Mann, ich habe zwei Seelen, ich habe zwei Seelen!"

„Aber Sie haben nur einen Leib," sagte der Kommissar kalt, „und darum, mein guter Herr Biervriend, ist es meine traurige Pflicht, Sie für Herrn Portaels' Missetaten zu arretieren. Sie tun am besten, ruhig mitzukommen!"

Er nahm den Verleger beim Arm und führte ihn auf die Straße hinaus. Seinen Spuren folgte der Doktor, der plötzlich beinahe mitleidig aussah, als Herrn Biervriends Wehklagen und seine geballten Hände sich zum zweiten Male an diesem Tage zum Himmel erhoben.

👁

„Ist er ehrlich, Doktor? Oder spielt er Komödie? Und wie konnten Sie erraten, daß er im ,Gelben Fieber' sein würde?"

„Sie haben recht, es war ein Raten, nichts anderes, wenn es sich auch bewahrheitete. Aber ich hatte vom ,Gelben Fieber' als von einem Lokal gehört, wo Künstler seines Typus sich nach geglückten ökonomischen Coups ausleben. Und als wir Herrn Biervriend in seinem rauchenden Verlag verließen, wo ich gerade sein Geheimnis zu durchschauen begann, sah ich einen Rückfall in die Rolle oder den Zustand Portaels voraus. Das stimmte. Er zog aus, um das Geld zu verbankettieren, das er als Portaels Biervriend erpressen wollte — und das übrige wissen Sie."

„Aber warum hat er den Verlag angezündet?"

„Das werde ich beantworten, wenn ich weiß, ob er aus Haß gegen die Schriftsteller Verleger oder aus Haß gegen die Verleger Schriftsteller geworden ist. Aber im übrigen darf man nicht vergessen, daß sowohl Portaels als auch Biervriend an dem Brand verdienten. Portaels bekam sein Honorar von Biervriend, und Biervriend bekam die Versicherungssumme von der Gesellschaft. Und im Hinblick auf die jetzige Lage des Büchermarkts ist es möglich, daß der Pyromane Portaels Biervriend einen Dienst erwiesen hat — trotz alledem!"

„Aber ist er ehrlich? Oder spielt er Komödie? Sie wissen doch, daß er seine Doppelexistenz im Arrest fortsetzt?"

„Ehrlich? Ehrlich? Welcher Schauspieler, der in einer Rolle aufgeht, ist nicht ehrlich? Und Sie dürfen eines nicht vergessen: er gehört dem Volke an, das der Welt die Rachel, Sarah Bernhardt und Kainz geschenkt hat!"

Der Kommissar erhob kichernd das Glas.

„Und Sie, Doktor!"

„Ach," sagte der Doktor krächzend, die Handflächen zur Höhe erhoben. „Ich bin kein Schauspieler. Wenn ich deklamiere, lacht man mich aus. Nein, ich bin kein Schauspieler, der die Augen rollen kann. Ich bin nur ein armer Wissenschaftler, der gelernt hat, mit den Augen zu sehen! Ihr Wohl, lieber Freund, und lassen Sie uns hoffen, daß das nicht unser letztes gemeinsames Abenteuer gewesen ist."

ENDE

Frank Heller [eigentlich Martin Gunnar Serner],
1886 in der südschwedischen Provinz geboren und
1947 in Malmö gestorben, war der erste Krimi-
autor Skandinaviens, der in andere Sprachen
übersetzt wurde und europaweit und in den USA
Erfolge feierte. Bevor er als Schriftsteller Berühmt-
heit erlangte, wurde er allerdings wegen Bank-
betrugs gesucht, floh nach Frankreich und ver-
spielte das unrechtmäßig erworbene Vermögen
im Spielcasino von Monte Carlo. Diese Lebens-
episode verarbeitete er in der Kurzgeschichten-
sammlung *Herrn Collins Abenteuer [Herr Collins
affärer i London]*. Auch Collin flieht wegen Bankbe-
trugs nach London und arbeitet dort erfolgreich
als Trickbetrüger. Das Buch diente der UFA 1925
als Vorlage für einen Kinofilm. Zwischen 1914
und 1936 folgten 14 weitere Collin-Romane und
zahlreiche Kurzgeschichten. Von seinem originell-
sten Seriencharakter, dem jüdischen Psychoanalytiker Dr. Joseph Zimmertür, erschienen auf Deutsch drei Bände. Er hatte auch
im Deutschland der Weimarer Republik
seine treue Leserschaft, die vor allem vom
Witz und dem scharfen Verstand des Hobby-
detektivs angetan war.

ZUR ÜBERSETZERIN

Marie Franzos [1870—1941] stammte aus Wien
und war die produktivste Übersetzerin und Ver-
mittlerin skandinavischer Literatur ihrer Zeit. Sie
übertrug zwischen 1896 und 1938 112 Bücher von 33
Schriftstellern aus dem Schwedischen, Dänischen
und Norwegischen ins Deutsche, darunter Werke
von Selma Lagerlöf und Per Hallström. Franzos'
übersetzerisches Œuvre umfasst ein weites Spek-
trum an literarischen und nichtliterarischen Tex-
ten — Romane, Novellen, literarische Skizzen und
Theaterstücke ebenso wie Essays und Aufsätze.

IMPRESSUM

ISBN: 978-3-946896-27-2

1. Auflage 2018

© WALDE+GRAF VERLAGSAGENTUR und VERLAG GmbH, Berlin

Die deutsche Erstausgabe des Buches erschien 1927 im Verlag
Grethlein & Co / Leipzig — Zürich

Gestaltung und Satz: studio stg, Berlin
studio-stg.com
Druck und Bindung: CPI books GmbH, Ebner & Spiegel Ulm

walde-graf.de